未來的未來

細田 守

輕文學
Light Literature

繁體中文版　導演序

這部《未來的未來》是從我自己的孩子得到靈感的作品。

尤其是新生兒（妹妹）來到家中後，長子（哥哥）的反應、被奪走愛情而哭喊的模樣，實在是太可愛又太逗趣，讓我想到要拍成電影。

我自己是獨子，不太了解兄弟姊妹的關係，而我的孩子在妹妹出生前也是獨子。然而當妹妹出生後，他突然不再是獨子了。

不再是獨子的孩子，要如何取回被奪走的愛情？我認為這是很有趣的點。我相信人生是圍繞著「愛」打轉，一切都會歸結到這裡，而最早感受到這一點的階段應該就是在弟妹出現的時候。從弟妹出現的瞬間，孩子就被拋入愛情爭奪戰中。不過這部電影的主題不只是奪走或被奪走愛情，而是如何找到不同的愛情形式。

主角訓訓之所以設定為四歲男生，是因為這個故事是關於妹妹出現後首度感受到身分認同的危機。我想四歲應該是最符合這種情節的年齡吧。

另一個原因是我造訪這部作品的製作人之一足立先生家時，他們家的姊弟正處於激烈的爭鬥當中。當時年長的姊姊剛好就是四歲，所以這點也產生了影響（笑）。窺見激烈的愛恨糾葛現場，令我心想「一定要拍成電影」。

撰寫《未來的未來》小說版時，讓我花費最大心思的，是要以什麼樣的視角、什麼樣的人稱來描寫這個四歲小男孩訓訓。

我詢問同時擔任小說責編的足立先生：「應該用什麼樣的文體和視角呢？」他很乾脆地回答：「用第三人稱比較好吧。」讓我不禁心想：「怎麼可能～」（笑）。雖然很困難，不過我還是努力嘗試寫作，終於設法完成了。這都多虧了足立先生（笑）。

不過有好一陣子，我真的不斷掙扎苦惱。我曾試著用成長後的訓訓視角來寫，或是從其他人——譬如訓訓爸爸的視角來寫。可是，碰到這些角色沒有看見的場景，就不知道該怎麼描寫了，結果還是用第三人稱來描寫。

這是個很小的故事，只發生在家中，乍看之下或許會被認為是我至今製作過的電影中規模最小的，不過我認為或許因為如此，反而更能傳達給任何國家的人。正是因為把舞台限縮在「一棟房子和庭院裡」，因此充滿了各種能讓人產生共鳴的要素，使全世界的任何人看了都能感受到樂趣。

尤其是日本和台灣的生活氣氛非常相近，希望大家在看電影或小說的時候，也能同時想起自己的家人、親戚或情人。

導演　細田守

序

在稍早以前的磯子區(註1)，山丘上有一座橫濱王子飯店，以及繪有淺藍色彩帶的E209系電車，發出「喀咚喀咚」聲行駛在根岸線。從國道十六號的杉田交叉路口開車南下，經過海洋研究開發機構的建築，上了青砥山的坡道繼續行駛一陣子，便會看到前方丘陵的南側坡地上，爭相競逐般矗立著一座座豪華的大房屋。在兩側豪宅之間的狹小土地上，有一棟小小的屋子。這棟小小的屋子有一座小小的庭院，庭院裡種著小小的樹。

某天，一對新婚不久的年輕夫妻來到這裡，看到小小的屋子、小小的庭院與小小的樹，立刻就喜歡上了。屋子雖小，但對於兩人生活來說已經足夠，再加上位於坡地上而價格低廉，因此他們立刻簽訂契約，然後把相機交給不動產公司的房屋仲介，在小小屋子前方的小小樹木前並肩拍照。

他們利用先生駕駛的紅色 Volvo 240 汽車載運搬家行李，在這裡開啟新生活。兩人每天都在東京都心工作到很晚，因此很珍惜假日待在這棟屋子的悠閒時光。他們會看書、聽音樂、做些稍微講究的料理度過假日，或者也可能什麼都不做，一直睡到傍晚。

太太在綜合出版社工作，個性認真並具有強烈責任感，是個完美主義者，具備製作好書不可或缺的特質。然而反過來看，她的個性神經質且多慮，從而對他人評價很敏感，就算獲得讚賞，也會往負面去想而鑽牛角尖，常常為了挽回失敗而太過努力，搞得更加疲憊，落入惡性循環。即使如此，周圍的人仍讚賞她的完美主義並依賴她，使她難以察覺自己過度神經質的性格。

先生任職於建築公司，具有藝術家氣質，總是依照自己的步調做事。他天性喜歡獨處，具有獨創力以及不被環境或他人左右的堅強個性；不過講難聽一點，就是過分頑固而不聽他人意見，就某方面來看稱得上是遲鈍，除了自己有興趣的事情以外都很隨便，缺乏協調性，無法察言觀色，雖然平常很溫和，但容易因為自己的步調被破壞而發脾氣，在工作截止前常常焦躁緊張——舉凡這類缺點，說也說不完。

註1：日本神奈川縣橫濱市的一區，有根岸線鐵路經過。

夫妻倆的個性南轅北轍，因此常為了大大小小的事情起衝突。即便如此，他們還是沒有分開、繼續一起生活，或許是因為超越個性差異的適性，或者是因為緣分吧。

有一天，太太突然想要養狗。她說，她在寵物店和一隻奶油色的英國迷你臘腸犬四目相接，立刻一見鍾情。先生雖然擔心生活步調會被改變，不過最後還是勉為其難地答應了。次週，小狗就來到這對夫妻的家。牠戴著紅色項圈、咬著雞蛋形皮球的模樣，不管看多久都不會膩。兩人聊起小狗當天的成長、散步途中小小的插曲、毫無防備的可愛睡姿，可以一直聊到忘記時間的流逝，簡直就像成了小狗的雙親。

結婚第六年，太太懷孕了。

先生以定點觀測的方式，將太太逐漸變大的肚子拍下來。他們在婦產科看了超音波影像，年輪蛋糕切片般的黑白畫面裡，剛好納入胎兒的大頭和小身體。胎兒雙腳間有很清晰的男孩子象徵。看到胎兒的心臟跳動，先生的心跳也加速。對於即將出生的這個孩子，他能夠扛起經濟責任嗎？不過太太的肚子無視他的憂慮，隆起得越來越大。她依照預定計畫請了產假，匆匆忙忙地準備生產。陣痛比預定日期提早一星期來臨，太太的母親依照事先約定從外縣市過來。為了促進陣痛，太太依照助產士的指示，在先生的陪伴下氣喘吁吁地在傍晚的公園散步。七個小時半之後，太太便和剛出生、臉還紅紅的新生兒一起自拍，展露大功告成的笑容。在一旁守著女兒的母親，則像結束長途旅行的旅人，喃喃說道：「妳終於也成為媽媽了。」

陪產之後，先生被賦予一項任務：替孩子命名。他面對新生兒交叉雙臂沉吟。事前雖然準備了幾個名字，但是他怎麼想都覺得和眼前的臉龐不搭，所以決定重新再想。他在婦產科醫院短暫的會面時間和太太反覆討論，終於得出答案。

「訓」。

讀音是「kun」。

太太也贊同，說這個名字很可愛，而且不太常見，所以大家應該會記住。她呼喚新生兒：「訓訓。」先生用毛筆在和紙上寫下：「命名『訓』。」

相簿中保留了在夫妻倆中間綻放笑容的男孩一歲照片，也有返鄉到醫院探望曾外婆時，曾外公抱著男孩拍攝的兩歲照片。這兩張照片中的小孩看起來一樣，但絕對不同。新生兒一下子就變成嬰兒，嬰兒又轉眼間變成幼兒。此外，嬰兒時期還可細分為無數階段，到了幼兒時期又有無數的成長階段。小孩子的變化令人目不暇給，無法以「小孩子」一詞概括。如果可能的話，父母親會很想完整記住這樣的成長軌跡，但他們光是應付日常生活就耗盡心力，對於稍早之前的孩子模樣，會以驚人的速度，令人難以置信地輕易忘記。他們只能為孩子的「現在」操各種心，並擔憂「未來」的種種。

夫妻倆考慮到孩子長大後的情況，決心改建自己的家。設計工作由先生負責。小小庭院裡種著小小樹木的那棟小小屋子的周圍，搭起了工程用鷹架。先生請監工人員拿相機，像某年夏天一樣大家並排拍了張照片。

爸爸、媽媽、臘腸犬，還有成長為三歲的男孩。

當時的男孩還不知道，媽媽肚子裡有一個新生命。

小寶寶到來的日子

橫濱的天空完全被白雲覆蓋，彷彿隨時要下雪。丘陵上的橫濱王子飯店早已拆除，取而代之的是並排矗立的好幾棟嶄新大廈。根岸線列車從E209系變成E233系，軌道也從定尺鋼軌改為長焊鋼軌，不再聽見「喀咚喀咚」的聲音。任何事物都一點一滴地變化，彷彿要避免被發現般，刻意屏住氣息。

小小庭院裡種著小小樹木的那棟小小的家重新改建了。小小的庭院現在被主屋與附屬小屋前後包夾。也就是說，原本是前院的庭院沒有移動位置，直接變成中庭。橘色瓦片經過重新利用，安置在新家屋頂。屋頂環繞的中庭裡可見那棵小小的樹木。

在接近聖誕節的十二月某個寒冷的日子，小男孩踮起腳從兒童房的窗戶往外看。他從幼稚園回來後還沒拿下名牌，就在小小的踏台上盡可能踮起腳尖。名牌上寫著「太田訓」。

兒童房的牆上貼著男孩在幼稚園畫的圖，還有出生以來的許多張照片。這些照片都是他面帶笑容和爸爸媽媽一起拍的，其中也有九月生日時的照片。男孩滿四歲後才過了兩個半月。房間地板上，禮物的玩具列車與塑膠軌道架設到一半就被丟著不管。

男孩目送玻璃窗外的輕型汽車經過。他在等的是爸爸駕駛的紅色 Volvo 240，不過看樣子還要等很久。白色的氣息使玻璃蒙上遮蔽視線的霧氣，他便伸出手掌擦拭。男孩把額頭貼在玻璃上，溫暖的氣息立刻從鼻子噴出，使玻璃再度蒙上霧氣。奇怪，為什麼會這樣？男孩再度用手掌擦拭。

「……怎麼還沒回來？」

男孩的嘆息再度使玻璃蒙上霧氣。一輛 Toyota Prius 發出尖銳短促的聲音駛過。

外婆邊把智慧型手機貼在耳朵上邊從客廳走下來。

「這樣啊。太好了……」

櫥櫃上擺著小小的聖誕樹，降臨節日曆(註2)的格子開啟到二十二號。外婆打開餐廳的玻璃門，穿上涼鞋走過中庭。

「嗯，等你們回來。好，路上小心。」

她掛斷電話，打開兒童房的玻璃門。

「訓訓，媽媽現在要回來囉。」

站在踏台上的男孩——訓訓，眼中充滿喜悅的光芒問：

「真的嗎？」

外婆蹲在訓訓面前，降低到他的視線高度說：

「真的喔。期不期待？」

「期待！」

訓訓張開手臂，使勁從踏台上跳下來，雙手貼在地板上喊了聲：「汪！」

他在外婆周圍繞了好幾圈，踢開列車和軌道，不停喊：

「汪汪！汪！汪汪！汪！」

媽媽要回來的消息讓他欣喜若狂。

「呵呵，像隻小狗一樣。」

外婆發出苦笑，然後用提議的口吻接著說：

註2：Advent calendar，用來計算到聖誕節還有多少天的日曆。通常從十二月一日開始，由一格格紙盒構成，每天開啟一格紙盒計算日子。

「訓訓，小寶寶最喜歡乾淨的房間了，要不要整理一下？」

「嗯。」

「你可以自己來嗎？」

「嗯。」

他用雙手捧起列車和軌道，一一放回玩具箱。

「那就拜託你了。」

「嗯。」

「外婆去上面囉？」

「嗯。」

訓訓忙著整理，連看也不看外婆一眼。

外婆走出兒童房，關上玻璃門。

「汪汪、汪汪。」

迷你臘腸犬「小悠」搖著雞毛撣子般的尾巴，朝著吸塵器的吸頭怒吼。

媽媽的陣痛比預定日期來得早，已經去了婦產科醫院，在包含生產日在內的這一個星期，外婆便從外縣市來幫忙。在此之前，爸爸為了迎接新生兒逐步做準備，外婆則幫忙照顧當時正在感冒的訓訓及小悠。外婆再次用吸塵器把餐廳清掃過一次，為了謹慎起見，又用黏塵滾筒在客廳地毯上滾來滾去沾取灰塵，並確認洗好的內衣數量是否充足，然後重新仔細折好。她邊折衣服，邊緩緩環顧仍殘留著新房子氣息的家。

「這棟屋子建得還真奇怪。」

這棟屋子的確和一般獨棟房屋有很大的差異。在坡地上蓋房子時，一般會先做擋土牆，然後挖土填土，整出平坦的地面。然而，這棟屋子是順著傾斜的地面做出高低差，連同中庭在內的六個房間，都像階梯般斜斜地連結在一起。外婆此刻所在的洗衣間、浴室、洗手間一體的空間位在最上層，從這裡往下一百公分是臥室，再下去是客廳，再往下則是開放式廚房與餐廳。隔著玻璃門往下，就是小小的樹木佇立的中庭，再往下則是兒童房。一百公分的高低落差代替每個房間的隔牆，也因此從臥室可以直接俯瞰兒童房；相對地，從兒童房也可以往上看見臥室。

不過，缺少一般家庭司空見慣的隔間，讓外婆感到很不自在。

從中庭下了階梯就是玄關。雖然號稱玄關，但只有一扇厚厚的木門。在這裡還不能脫鞋，必須爬上中庭，在玻璃門前方的地毯上脫鞋。被迫遵守這種獨特的規則，也讓外婆頗為焦躁。

這棟「奇怪」屋子的設計者，就是身為建築師的爸爸。

「跟建築師結婚，是不是沒辦法住在正常的房子呢？」

外婆邊用掃帚清掃玄關邊喃喃自語。

「對不對，小悠？」

她像是講悄悄話般徵求同意。

跟在外婆後面的小悠凝視著她的臉回答：「汪！」

「呼。」

外婆和小悠一起從玄關回來，從中庭仰望整棟屋子確認。迎接嬰兒的準備已經全數完成，外婆鬆了一口氣，走到下面的兒童房打開門。

「……咦？」

她看到屋內的情景，不禁啞口無言。兒童房內鋪滿玩具電車軌道，幾乎連踏足之地都沒有。

「訓訓……好像比剛剛更亂了啊……」

明明說好要整理的。

訓訓在軌道與隧道包圍中，雙手拿著玩具電車比較，似乎無法做出決定。

「小寶寶比較喜歡E233系還是梓號列車呢？」

「這個嘛，我也不知道。」

外婆雙手扠腰，嘆了一口氣，望著中庭故意說給訓訓聽：

「咦？小悠好像要去院子玩耶。」

「真的嗎？」

「你陪牠去吧。」她揮手引導催促訓訓。

「好。」

訓訓丟下電車跑到中庭。

「外婆幫你整理好。」

外婆輕輕關上玻璃門。

畫著淺藍色線條的電車經過平交道，上了高架橋，正在度過鐵路橋。

距離嬰兒到達這裡已經沒有多少時間了，如果拖拖拉拉會來不及的。外婆大步跨過鐵路橋，雙手抓住響起汽笛聲的電車讓它停住。

「快點快點……」

雞蛋形皮球上的兩隻眼睛直直盯著訓訓。

在皮球的另一邊，戴著紅色項圈的小悠也直直盯著訓訓。

「哈、哈、哈！」

牠的眼中充滿期待。

「要丟囉～嘿！」

訓訓把皮球丟出去。芥黃色的皮球在空中劃出圓弧，小悠吐著白色氣息追逐。皮球在中庭牆壁上不規則彈跳，使牠耗費一番功夫而發出嗚嗚的低吼聲，不過還是確實叼住了，然後專心致志地跑回來，撲進訓訓懷裡。

「哈哈哈。」

中庭的面積以訓訓的腳來測量，大約是十一大步。四方形的地上有自然生長的草，中間佇立著一棵櫟樹。雖說是庭院，但也只有這麼點空間而已。樹的種類是黑櫟，樹幹比訓訓雙手合抱稍粗。由於經過定期修剪，因此高度沒有很高，只比屋頂高出一點。小悠從幼犬時期就喜歡繞著這棵櫟樹跑，也同樣喜歡那顆皮球。

訓訓拿著這顆使用很久、表面變得破破爛爛的球做出準備動作。

「要丟囉～嘿！」

他把球丟出去。小悠轉眼間就按住反彈的球，叼起來之後繞過黑櫟樹跑回來。

就在這時候……

「！」

小悠突然察覺到異狀，仰望天空。

輕飄飄的白色物體從空中飄落。

「啊……」

訓訓也仰望天空。

小小的白色顆粒無聲地掉下來。

訓訓不禁伸出手，然而空氣輕盈地將白色顆粒捲起，使它從指縫之間溜走。他把腳踮得比剛剛更高，卻更加抓不著。

訓訓舉著手往上跳，抓住一個小小的顆粒。這回他感覺到確實抓住了，小心翼翼地把手縮回來，緩緩張開拳頭，但手掌中沒有白色顆粒，只有水滴。抓到的顆粒跑去哪裡？他再度仰望天空尋找。

「……」

飄落的小顆粒以驚人的數量填滿天空，此刻不知道究竟有多少顆粒掉落下來。一、二、三、四……訓訓想要數清楚，但龐大的數量讓他頭暈目眩。當他定睛凝視，可以清楚看到掉落下來的不只是模糊的白色顆粒，而是有六個角的透明冰之結晶。即使不用放大鏡或顯微鏡，光憑肉眼就能確認。他曾在教育頻道看過，極小的每個顆粒看似相同，但其實擁有不同的形狀。誰能相信，數量多到覆蓋整片天空的顆粒，竟然沒有兩個是相同的呢？

訓訓茫然地持續仰望，無法找到適當的言語，只能喃喃說出單純的感想：

「……好奇妙……」

這時，突然傳來汽車引擎「轟～」的排氣聲，他才被拉回現實。

「啊。」

這是爸爸的車聲。

小悠像宣告來臨的小號般汪汪叫。訓訓跑下階梯，使勁打開兒童房的玻璃門。

「訓訓。」

正在準備嬰兒搖床的外婆呼喚他，但是他沒有回應，而是跳到踏台上踮起腳尖看向窗外。氣息吐到窗戶上，使他看不到前方。

「啊！」

他迅速用手擦拭，看到窗外正在停車的 Volvo 240 車頂。車子數度前進、後退，一定是爸爸在駕駛。

「回來了嗎？」

外婆問，但他依舊沒有回答就衝出兒童房，走下中庭通往玄關的階梯。半年前他還得屁股朝前、緩緩挪動腳步才能走下階梯，但現在已能抓著高出頭頂的扶手，一階一階走下去。

「媽媽！」

他努力用比平常更快的腳步下階梯，並且朝著玄關喊。

「媽媽～！」

這時他聽到「喀」的聲音。

「來，公主，到達目的地了。」

拿著大件行李的爸爸像護衛般打開門，粉狀的雪飄進屋子裡。

正在下階梯的訓訓停下腳步往前看。

「啊……」

「我回來了，訓訓。」

穿著雪白色服裝的媽媽抱著雪白色的襁褓，宛若女神般微笑。

「媽媽，妳回來了……」

訓訓才應完話，就淚眼汪汪地緊緊依附在媽媽的膝蓋上說：

「我好寂寞。」

「感冒好了嗎？真抱歉，都不在家。」

媽媽以溫柔的聲音表達歉疚。這時訓訓突然抬起頭，看著白色的襁褓。

「……那是小寶寶嗎？」

「呵呵呵。」

「讓我看！讓我看！」

訓訓蹦蹦跳跳地央求。

沒錯。大約一星期前，媽媽說要去婦產科醫院就一直沒有回家。外婆代替媽媽照顧訓訓，餵不斷咳嗽的他吃藥，幫他在背上貼止咳貼布。爸爸屢屢用手機拍下婦產科醫院的情況給訓訓看，但訓訓不是很清楚是怎麼一回事。

籐編的嬰兒搖床中，鋪著雪白色的毛毯。

媽媽把睡著的小寶寶輕輕放在毛毯上，然後緩緩抽出扶著小寶寶脖子的左手，避免弄醒她。

訓訓像著迷般看著小寶寶。

小寶寶裹著細緻蕾絲裝飾的雪白色服裝，正在睡覺。

她看起來驚人地嬌小，宛若砂糖點心般，彷彿一觸摸就會立刻崩壞。從小小的胸口看得出小寶寶正淺淺地呼吸，脖子傾斜的角度非常不自然。這個奇妙的感覺似乎正展現出嬰兒的脆弱。訓訓只是呆呆地屏息凝視。

「……」

爸爸抬起頭看著他，壓低聲音說：

「這是訓訓的妹妹。」

「……妹妹？」

訓訓大概是有生以來第一次說出這個單字。

媽媽用眼角瞥他問：「可愛嗎？」

訓訓不知道該怎麼回答。

如果要問可不可愛，老實說，他完全不覺得可愛。那麼，該怎麼回答？

訓訓剛開口就沉默下來，再度開口卻又閉上嘴巴，然後張著嘴巴思索片刻，總算喃喃說出簡短的感想：

「……好奇妙……」

雪繼續無聲飄落在中庭的櫟樹上。

小寶寶在睡眠中靜靜地呼吸。

訓訓戰戰兢兢地伸出食指，點一下很小的手掌後，連忙縮回來。

媽媽引導他：「輕一點。」

訓訓再次鼓起勇氣伸出手指，輕輕地摸了一下，感覺軟綿綿、胖嘟嘟的。他直接把自己的食指放在小寶寶的手掌中。過於小巧的五根手指、指甲、皺紋——簡直像在摸精巧的迷你人偶。究竟是誰做出這種東西？

這時小寶寶的手抽動一下。

「……唔！」

訓訓嚇得抽出手指，下意識往後退。

小寶寶醒過來，彷彿破曉般緩緩張開眼瞼。

爸爸對媽媽悄悄說：

「她醒來了，一直看著訓。」

「她還看不見東西。」

「可是她一直看著那邊。」

訓訓被小寶寶注視，無法動彈。

空虛的瞳孔中映出他的身影。

這個奇妙的個體看著自己，讓他感到相當不可思議。

媽媽說：「訓訓，從今天起要跟她好好相處喔。」

「……嗯。」

「發生什麼事的話，要保護她喔。」

「……嗯。」

訓訓心不在焉地回答。他只能這樣回答。

即使如此，媽媽似乎還是放心了。

「謝謝你。」

媽媽露出微笑，和爸爸與外婆彼此相視。兩人似乎也解除了緊張，嘴角浮現安心的笑容。

爸爸在地板上更換坐姿，用手指推了推眼鏡的鼻橋問道：

「訓訓，你想替小寶寶取什麼樣的名字？」

訓訓這才被拉回現實。

「名字？」

「嗯。」

「呃～嗯～」

訓訓探視著籐籃內，簡潔地說：

「希望。」

爸爸聽了交叉雙臂，若有所悟地說：

「希望。希望啊……原來如此。嗯，滿不錯的。」

「還有～」

訓訓瞥了一眼房間角落又說：

「燕子。」

「燕子。燕子啊……」

爸爸口中反覆呢喃，仰望天花板，卻又覺得哪裡怪怪的，便反問：

「燕子？」

「那是新幹線的名字吧？」

媽媽指著房間的角落苦笑。玩具箱中，可以看到東海道新幹線「希望號」與九州新幹線「燕號」的車身。

「啊，原來是這樣。」

爸爸笑著站起來。

外婆穿著羽絨大衣，在玄關重綁鞋帶。

「如果可以再多待一會兒就好了，可是我還得去醫院看曾外婆才行。」

媽媽剛生產完的現在，應該是最需要人手幫忙的時候，可是外婆也不能一直丟著入院中的母親（也就是訓訓的曾外婆）不管。曾外公原本幾乎每天都會去醫院探病，但在剛入春時突然過世，在那之後曾外婆便完全失去活力，很令人擔心。雖然更換替換用的衣物等工作交給外公處理了，但光是這樣還是不放心，如果拿嬰兒的照片給她看，或許能讓她稍微恢復活力。

媽媽笑咪咪地對外婆說：「沒關係。多虧有妳幫忙。」

「隨時再找我來吧。」

「謝謝妳。」爸爸也低下頭。

「幫我們跟爸爸打招呼。」

「訓訓，我下次也會搭新幹線過來唷。」

「拜拜。」

「再見，小寶寶。」

媽媽讓襁褓中的小寶寶面對外婆。

「外婆在跟妳說再見喔。」

橫濱的丘陵上閃爍著家家戶戶的燈光。在市區繁忙的喧囂聲中，載著外婆的淺藍色線條列車往東京的方向駛去。外婆接下來還要轉乘新幹線，回到家應該會超過晚上八點。

冬季傍晚的天空，因為寒冷而晴朗無雲。

訓訓與小寶寶

訓訓睡覺時，總是翹起屁股俯臥。

「嗯……」

今天早上他也以這樣的姿勢醒來。

媽媽已經起床，睡衣上披著開襟毛衣，正在昏暗的臥室床上餵寶寶吃奶。

「訓訓早安。」

「媽媽早安。」

訓訓回答時也仍舊翹著屁股。

小寶寶發出「啾、啾」的聲音在吸奶。

訓訓仍舊翹著屁股，對小寶寶說：

「小寶寶早安。」

爸爸在廚房準備大展身手。

「哼哼哼哼哼～」

他在襯衫上穿了圍裙，一副氣定神閒的模樣哼歌。

然而他光是切水果，就因為過度講究而花了不少時間；接著聽到水煮開的聲音，便慌慌張張地關上瓦斯，伸手去抓水壺的把手。

「好燙！」

水壺的把手出乎意料地燙，爸爸用力甩手冷卻，然後重新戴上隔熱手套拿起水壺時，小烤箱發出「叮」的聲響。他連忙衝過去，打開烤箱用手指夾出有些烤焦的土司。

「哇，好燙！」

總而言之，爸爸不習慣做家事，連圍裙的蝴蝶結都打成縱向的，看起來很奇怪。

訓訓雙手拿著杯子貼在嘴上，以詫異的表情看著這幅景象。為什麼？之前明明都是媽媽準備早餐。

他望向餐桌另外一邊。媽媽仍穿著睡衣，邊餵小寶寶吃奶邊打瞌睡。

訓訓放下杯子，對媽媽說：

「媽媽，我還要牛奶。」

聞言，爸爸停下塗奶油的手，拿起牛奶盒。

「來了～」

「不要！」

訓訓舉起杯子拒絕。

「媽媽，香蕉。」

爸爸放下牛奶盒，從水果盤抓起香蕉。

「來了～」

「不要！」

訓訓拒絕。

「媽媽！」

他用雙手拍打餐桌，想要讓媽媽聽到。

「來了～」

爸爸蹲下來，湊近一張笑咪咪的臉。

訓訓連連拍打這張臉。

「討厭！」

「哇，好痛！」

早餐後，爸爸開始打掃。

他從上方的房間開始，依序用吸塵器清掃臥室、客廳、餐廳。小悠不停叫叫，到處撒落剛換過的毛。餐桌角落是爸爸從事設計工作的空間。他把桌下也用吸塵器來回清理一遍。他在打掃時和做早餐不同，手法相當俐落，或許是因為這棟房屋是他設計的，因此也是理所當然。他精準而大膽地打掃，中庭裡的枯葉則拿掃帚「唰唰唰」地清理。

在他的設計概念中，這個階梯狀房屋是以中庭為中心，連結其他房間。屋子的開口朝向中庭，再加上有高低差，即使沒有其他窗戶也能引進光線。除此之外，構造上由下面吹進來的風也能通往上方。可以說是為了充分利用光與風，而拆除了牆壁。

爸爸打開兒童房的玻璃門，蹲在訓訓面前說：

「我要用吸塵器打掃這裡，所以不要擺出玩具。」

他把訓訓好不容易接起來的軌道一一拆除，裝在玩具箱裡。

爸爸好過分！為了不輸給發出嗡嗡聲的吸塵器，訓訓深深吸一口氣，朝著斜上方的寢室大喊：

「媽～媽～！」

聲音穿過中庭、餐廳、客廳，到達臥室。

媽媽正在床上替小寶寶換尿布。

「好了，很清爽吧。」

訓訓衝上來，蹬著腳說：

「我在叫妳呀，真是的！」

「咦？訓訓，怎麼了？」

媽媽似乎現在才發覺，悠閒地轉頭。

「唉！」訓訓只能嘆息。

爸爸用掃帚打掃通往玄關的階梯。

原木材質的大門是從以前房屋拆下來後，重新安裝在這棟新家。木頭雖然因為風吹日曬而劣化，不過表面呈現獨特的質感。除了大門以外，包括特色鮮明的橘色屋瓦等許多建材，都是來自前一棟屋子。從客廳排列到餐廳的櫥櫃門合板也是其中一例，還刻意將殘留圓形時鐘日曬痕跡的板子放在明顯的地方。

這不是為了節省經費而回收再利用。身為建築師，爸爸考慮的不是材料新舊。並不是什麼東西都是新的比較好。他知道，有些材料必須經過時間才能得到。這些材料並非骯髒、老舊，而是帶有歲月的痕跡。或許就像長年珍惜鍾愛的舊衣那樣吧。

爸爸也很喜歡之前住的小房子。雖然不知道設計師是誰，不過他很喜歡那棟建築物，也很珍惜夫妻兩人住在那裡的幾年時光。因此，即使要改建，他也想要繼承過去生活的氣氛——更進一步地說，就是雖短暫但仍屬於這個家的歷史。就如每個時代的地層堆積並保留到後代，他希望家人一起度過的時間，也能在將來偶爾窺見。基於這樣的想法，他設計出這棟房屋。

然而在工作時，幾乎沒有委託人會做出同樣的要求。一般情況下，委託人都想要以最新材料建造的最新建築。這也是很正常的。

他最後走出玄關，清掃停車場。停在那裡的九〇年紅色 Volvo 240 也是以二手車購入的，至少開了十五年。這輛車換過水箱、離合器，另外還換過無數零件，一直開到現在。珍惜並長久使用——這也是展現他想法的例子之一。

「恭喜。」

「啊，謝謝。」

住在附近的兩位太太過來祝福太田家剛生了嬰兒。爸爸在玄關前拿著掃把與畚箕答謝。

穿著牛仔褲的短髮太太帶著和訓訓念同一所幼稚園的長子，另外還用背帶抱著次子。她在生產前是製作人偶的個人工作者，但現在暫停工作，成為專職主婦。另一位穿著針織洋裝、紮起長髮的太太推著嬰兒車中還在上托兒所的長子，大肚子則懷著預定明年春天生產的女兒。她在保險公司擔任行政工作，和媽媽一樣是邊工作邊育兒的職業婦女。兩位太太都是和太田家全家熟識的好朋友，還會一起吃飯。她們特地來關心媽媽產後的身體狀況。

「小寶寶很可愛吧？」

「事實上，我都不記得小孩剛出生時是那麼小了。」

「生第二個應該比較輕鬆吧？」

「也沒有。上一個是怎麼生的都已經忘了。」

「也對。」

短髮的太太附和。

長髮的太太問：「聽說由美會提早結束產假啊？」

「嗯，因為編輯部裡很照顧我的前輩也要請產假了。」

「接下來會由爸爸包辦家務啊？」

「不不不，沒那麼厲害。」

爸爸笑咪咪地搖手否認。

「這陣子我剛好辭職，轉為自由接案的工作型態，所以只是在家工作的空檔做點家事而已。」

兩位太太看著彼此，然後露出驚訝的表情說：

「哇，好厲害！」

「沒有啦。」

「真的好了不起。」

「沒有沒有。」

「很少人可以做到這樣。」

「沒有沒有沒有。」

受到兩位太太稱讚，爸爸雖然感到不好意思，卻也滿面笑容。

因此——

「哼哼哼哼～」

到了準備午餐的時候，他仍無法收起得意的笑容，情不自禁地哼著歌。

他很得意地把烏龍麵條投入鍋中煮沸的熱水裡，像廚師一樣輕巧地用長筷子攪拌後蓋上鍋蓋。正在餵奶的媽媽手拿智慧型手機，以冷淡的眼神看著這幅情景。

爸爸回頭之後，才注意到她的視線。

「……咦？怎麼了？」

「沒什麼。」

「我會很在意。到底怎麼了？」

「你既然要問，我只好說了。」

「嗯。」

「你從以前就很喜歡在別的媽媽面前扮演『溫柔的好爸爸』。」

「……咦？」

爸爸的表情變得緊繃，僵在原地無法動彈。

「可是早就被看穿了。」

「……」

這時，正在煮烏龍麵的鍋子突然發出「嘩」的聲音，滾燙的熱水溢出來，連地板都變得濕答答。

「啊！」

爸爸連忙想拿附近的毛巾擦地板，但媽媽說：

「那是擦桌子用的。」

「啊！」

於是爸爸改拿抹布來擦。

媽媽抱著餵完奶的小寶寶，嚴肅地說：

「我三月就要回去上班，你不能只是做個樣子，一定要確實做到，否則絕對應付不過來。」

「……好的。」

「這次不可能像以前那樣，只有我一個人在忙。」

「……好的。」

爸爸從餐桌下探出半張臉，用快要消失的聲音回答。

「訓訓會為妳做很多事情。」

訓訓把臉頰貼在嬰兒搖床的籐籃邊緣，凝視著小寶寶。

「哈～」小寶寶把嬌小的嘴巴張開到最大打呵欠。

在訓訓腦海中，他們兩人正來到微風徐徐的高原上。

「訓訓會跟妳一起散步，教妳蟲蟲的名字。」

他指著滿天飛舞、擁有棒狀身體與兩對透明翅膀、眼睛很大的昆蟲說：「蜻蜓。」

小寶寶輕輕張開眼睛。

「還會告訴妳，雲的形狀像什麼。」

他指著不斷湧起的白雲。這朵雲的形狀很像八隻腳、尾巴有毒針、雙手是剪刀的節肢動物。「蠍子。」

小寶寶打了一個小小的嗝。

「還有——」

這時媽媽從餐廳插嘴：

「現在要去外面還太早了，得等她大一點。」

訓訓被拉回現實，噘起嘴回應：「好啦。」

他離開嬰兒搖床，從客廳下方擺放故事書的角落拉出其中一本。封面上以典型的手寫文字印著書名《奇妙的後院》。在典型的庭院樹木前方，有個穿著典型款式睡衣的男孩，與一名典型中世紀打扮的女孩手牽手。從封面就能看出這本書的內容很膚淺，只是在模仿英美兒童文學的味道。訓訓把這本書丟到一邊，拉出另外一本，立刻跑回嬰兒搖床邊，拿封面給小寶寶看。

「《鬼婆婆對上大鬍子》。」

小寶寶驚訝地張大眼睛。

「鬼婆婆氣得滿臉通紅，衝出去追大鬍子。」

訓訓隨心所欲地編故事，然後把玩具電車一個個排列在小寶寶周圍。

「大鬍子輕鬆躲開，跳上E235系山手線列車。」

他把鐵道卡片一張張夾在小寶寶的腳趾之間。

「鬼婆婆搭乘E233系京濱東北線追他，可是……」

這時媽媽突然爬上客廳，朝他逼近，把手伸過來說：

「住、手！」

她使勁搶走小寶寶，卡片從腳趾間紛紛掉落。

「不可以打擾小寶寶睡午覺。」

她說完就下了樓梯。

訓訓惱怒地搖晃嬰兒搖床。

「討厭！」

爸爸在廚房誠惶誠恐地沖泡牛奶。

胸前貼著母乳墊的媽媽在一旁觀看，並做出詳細的指導，像是「分量要正確」、「不要起泡」等等。這是考量到媽媽日後要回去上班，從現在起就必須讓爸爸習慣做這些事。他們把少量的牛奶滴到自己手上，互相確認溫度是否恰當。

「差不多這樣？」

「差不多這樣。」

接下來終於要開始餵奶。完全是新手的爸爸坐在餐桌一角，做了深呼吸後，從媽媽手中接過小寶寶單手抱著，以戰戰兢兢的動作拿起奶瓶。媽媽立刻給予指導：

「豎直。」

「啊，是。」

爸爸膽顫心驚地把奶瓶放入小寶寶嘴裡。

「更裡面。」

「更裡面？」

「要往裡面塞。」

「往裡面塞？」

「塞到後面。」

「後、後面？」

「對。」

「新生兒好可怕。」

「如果沒有讓寶寶確實含住，空氣就會跑進去。」

媽媽湊向前指導，爸爸則緊繃著肩膀，動作非常僵硬。兩人都專注在眼前的小寶寶身上，即使訓訓在後方喊「媽媽」、「爸爸」也完全沒有察覺。不，他們當然聽見了，只是現在沒空回應他。

「給我。」

「她不太肯喝奶。」

媽媽接過小寶寶，示範給爸爸看。「要塞到更裡面……」

「哇！吸進去的速度完全不一樣。」

「喝完要讓她打嗝。」

媽媽把小寶寶還給爸爸。爸爸依照她說的，輕拍小寶寶背部，然而……

「她都沒有打嗝。」

「加油，凡事總有第一次。」

媽媽鼓勵臉色蒼白的爸爸。不論如何，如果不讓他做，今後就一籌莫展。

「爸～爸～！媽～媽～！」

訓訓在他們後方跕腳大喊，但忙不過來的兩人聽不進去。

小悠在樓梯下方以冷淡的眼神看著這幅情景。

午後的陽光下，帳棚的影子被拉得很長。

訓訓想要獨處的時候，總會躲進兒童房角落的這個帳棚。這是類似馬戲團小屋的紅黃兩色帳棚。訓訓趴在帳棚裡，只露出臉，眼神明顯陰鬱，嘴唇噘得高高的。他的心情很容易顯露在臉上。

牆上的圖畫、信紙、壓花等等當中，有一張用紙膠帶貼上的照片。這張照片裡，三歲的訓訓在爸媽之間露出笑容，仍舊處於幸福時期。

訓訓覺得現在的自己並不幸福。

為什麼不幸福……？

因為小寶寶——

訓訓做了某個決定，把臉縮進帳棚裡。

「內衣要用這個洗衣精。」

媽媽在浴室的洗脫烘洗衣機前對爸爸說明。

「襪子呢？」

「襪子也是。」

訓訓偷偷觀察這幅情景，然後悄悄離開。他的模樣和平常不同，表情相當嚴肅，眼神中隱含企圖心。他戴起連帽衣的帽兜，帽緣緊貼著圓圓的臉。

這模樣太可疑了，簡直像個小忍者。

他走下客廳的階梯，躡手躡腳避免發出聲音，因為擔心被人看到而心跳加速。他緊張到踩空階梯，不小心發出「啊」一聲，連忙用雙手摀住嘴巴。不要緊嗎……？嗯，不要緊，他們沒有發覺。兩人都專心在洗衣服，沒有注意到其他事物。

訓訓盯著放在客廳的嬰兒搖床，緩緩接近。

他蹲下來，眼神顯得很銳利。

小寶寶在搖床裡，發出細微的呼吸聲睡覺。

笨蛋，危險逼近了都不知道，完全放鬆警戒。

訓訓把雙手伸向毫無防備的睡臉。張開的手指因為緊張而微微顫抖。

「……」

他用大拇指和食指拉扯小寶寶的雙耳。

耳朵似乎很柔軟，拉得長長的。

好像大象。這副呆樣讓他忍不住笑出來。

「……噗。」

接著他又拉扯臉頰。

臉頰像麻糬，很有彈性地拉長。

「噗噗。」

這張臉也很好笑。

他一次又一次地拉扯臉頰。

「咕、咕、咕、咕。」

太好笑了。

從兩側擠壓臉頰，就會變成章魚臉。

「嘎、嘎、嘎、嘎。」

太好玩了。

他差點笑出聲音，用手摀著嘴巴拚命忍住。

用食指按住小小的鼻子，小寶寶就變成小豬臉。

「嘎、嘎、嘎、嘎、嘎、嘎、嘎、嘎。」

他笑到快掉下眼淚。

這時——

「嗚嗚……」

小寶寶的臉突然扭曲，湧出珠子般大顆的眼淚，放聲大哭。

「……嗚哇啊啊啊！」

淚珠不斷沿著臉頰掉落。訓訓感到不知所措。等等！這麼大聲的話會被發現——

他想到這裡時，已經太晚了。

「怎麼了？」

從浴室跑過來的媽媽已經來到他身後。

「啊！」

訓訓背對小寶寶，試圖用身體擋住，但是當然擋不住。媽媽用緊繃的聲音質問：

「訓訓，你做了什麼？不是約定過，要好好相處嗎？」

訓訓搖頭說：「不能好好相處。」

「拜託，你要愛護小寶寶。」

媽媽用懇求的口吻敦促他，然而他一再搖頭。

「不能！」

「拜託。」

「不能！」

「訓訓！」

他難過地緊閉眼睛，一字字大聲說：

「不、能！」

訓訓一時衝動，抓起矮桌下方的「Dr. Yellow」（註3）朝小寶寶揮下去。

「啊！」

媽媽摀住臉，驚愕到不知所措。

喀！

被打到頭的小寶寶一開始似乎不知道發生什麼事，一臉茫然，接著眼角迅速溢出淚水，彷彿被火燒到般激烈地大哭。

「嗚哇啊啊啊啊！」

「你在做什麼！」

媽媽反射性地把手伸向嬰兒搖床，訓訓被順勢推倒在地上。

「啊！」

「她才剛出生耶！真不敢相信！」

看到媽媽抱著小寶寶保護她的凶狠眼神，訓訓直覺自己此刻放掉了很重要的東西。當他領悟到這是無法挽回的事實後，帽兜鬆落的臉整個皺起來，淚水和鼻涕宛若決堤般湧出。他倒在地板上，像一隻被翻過來的烏龜般手腳亂揮，發出尖銳的叫聲：

「……嗚嗚嗚哇啊啊啊！」

幾乎刺破耳膜的噪音，讓小寶寶哭得更厲害。

「嗚哇啊啊啊啊！」

跑上客廳的小悠也發出嚎叫：

「嗷嗚～嗷嗚～」

爸爸則只能呆呆地吞嚥口水。

「……唔。」

媽媽回頭狠狠瞪他一眼說：

「不要只顧著看，幫幫忙！」

註3：新幹線的測試用列車，因為車身為黃色而得此暱稱。

「啊，好的。」

媽媽把小寶寶交給爸爸，用雙手壓住不斷掙扎的訓訓上半身，讓他無法動彈。這個姿勢和刷牙後檢查有沒有漏刷時一樣。

「訓，你是小寶寶的哥哥吧？」

訓訓哭喪著臉回答：

「不是哥哥。」

「是哥哥！」

「媽媽也不是媽媽！」

「那是什麼？」

「鬼婆婆，鬼婆婆！」

「什……什麼……」

媽媽的臉因為憤怒而逐漸漲紅。參差不齊的牙齒、額頭上波浪狀的皺紋、頭上微微隆起的角，就跟《鬼婆婆對上大鬍子》裡的鬼婆婆一模一樣。

「你～說～什～麼～？」

「嗚哇～！」

訓訓嚎啕大哭，掙脫媽媽的手，抱住爸爸的膝蓋。

「爸爸～」

然而爸爸抱著哭不停的小寶寶，臉色蒼白，無暇顧及其他事。

「喔～不哭不哭～好乖好乖～」

他搖晃著小寶寶，低聲唱著怪異的兒歌。

「不要哭～不要哭～」

他蒼白著臉，低聲繼續唱。

訓訓明白了自己無法依靠現在的爸爸，於是跑離現場。

「討厭！」

這時，原本嚎啕大哭的小寶寶突然停止哭泣，張大眼睛。

「……！」

小寶寶究竟看到了什麼——

被奪走愛情的男人

訓訓哭著跑下餐廳，使出全力推開沉重的玻璃門。

「嗚……嗚……」

他在通往中庭的平台穿上鞋子，下了階梯就重心不穩而跌倒，鼻子撞到地面，然後因為疼痛與自憐又開始哭泣。

「……嗚哇啊啊……」

他一面抽抽噎噎地哭泣，一面哇啦哇啦地吐出不成語言的聲音：

「運運勿以彎咬襖襖。」

沒人聽得懂他在說什麼。換成清楚的說法是——

「訓訓不喜歡小寶寶。」

這時，不知從何處傳來聲音。

「呵呵呵呵呵……」

這個抽搐的聲音像是在努力壓抑笑聲。

誰？

仔細想想，這裡是中庭，家裡只有爸爸、媽媽和小寶寶，應該沒有其他人會進來。然而，這個聲音顯然是沒聽過的中年男子低沉嗓音。笑過之後，這個聲音又說：

「呵呵呵……真是慘不忍睹。」

「……咦？」

訓訓回頭。原本應該是只有一棵黑櫟樹的小中庭，此刻卻變成完全不同的景象。眼前是化作廢墟的哥德式古老教堂遺跡，屋頂已經掉落而沒有天花板，兩旁崩落的牆壁上開著尖拱窗，上面攀爬著密密麻麻的藤蔓，就像被遺忘的古蹟。即便如此，鋪著石版的地面中央卻有源源不絕湧出水的低矮圓形噴水池。環繞著噴水池，還設有典雅的木製長椅。

庭院——沒錯，這也是某種庭院。

有個男人翹著二郎腿坐在長椅上。從尖拱窗透進來的好幾道光線，使訓訓看不清男人的長相，不過剛剛發出聲音的人應該就是他。男人站起來，繞過噴水池，稍微低著頭朝訓訓緩緩走來。

「我來猜猜你現在的心情。沒錯，就是嫉妒！」

「嫉妒？嫉妒是什麼？」

當男人接近，訓訓逐漸看清他的模樣。蓬亂的頭髮和明亮的棕色長袍，紅色領帶和七分褲，高傲的口吻和鬍碴——不搭調的印象讓人聯想到沒落的貴族。

「你過去獨占爸爸媽媽的愛情，卻被毫無前兆地突然到來的小傢伙連根奪走兩人的愛……你知道對她動手會挨罵，但是還是無法忍耐地動手了……」

男人停下腳步，悠然俯視訓訓，露出譏諷的笑容。

「哼哼，被我說中了吧？」

「……你是誰？」

「我是王子。」

「王子？」

「沒錯，在你出生前，我是這個家的王子。」

這個人怎麼看都不像王子。他到底在說什麼？訓訓詫異地歪著頭，男人張開手臂催促他：「看到王子，還不快跪下！」

「……」

訓訓乖乖地跪下來。

男人把手放在胸前，好似沉浸在甜美的回憶中。

「爸爸和媽媽原本非常愛護我，隨時都在我身邊，溫柔地撫摸我的頭說：『你實在太可愛了……』但是！」

他突然提高聲量，以責難的態度繞著訓訓踱步。

「自從你來了之後，我就一再被冷落，食物也從我喜歡的口味變成特價品，每天連少許的點心都沒有，得不到稱讚、得不到理會，動不動就挨罵……」

他哀嘆著停下腳步，深深垂下頭，脖子好像都要折斷了。

「……當時我就領悟到，我被奪走了愛情……你知道那是多麼令人懊悔、悲慘而難受的事嗎？」

「不知道。」訓訓立即回答。

「不知道？」

男人瞪大眼睛。

「不知道？哦，是嗎？那就算了。不過，你別以為和自己無關。有一天你也會嘗到同樣的滋味，而且這一天很快就會來臨。活該！」

他咆哮後，轉身往另一邊走去。

男人這段話讓訓訓不得不接受。他覺得好像被說中了自己在小寶寶出現後的不安。然而，這個人為什麼會說這些話？他究竟是誰？該不會……莫非……難道是……

「啊。」

訓訓低下頭，剛好看到雞蛋形的皮球。對了，用這個來試試。

「……嗯？」

男人察覺到動靜回頭，在此同時，訓訓迅速丟出球。

「嘿！」

「啊！」

男人反射性地追逐劃過弧線飛出去的球。複雜的不規則彈跳絲毫難不倒他。他飛快地抓住球後，立即回來把球遞給訓訓。

「給你。」

訓訓輪流端詳男人與手中的球，然後又抓起球丟往別的方向。

「嘿！」

「啊！」

男人迅速撿起球、迅速回來，又遞給訓訓說：「給你。」

訓訓察覺到男人的真實身分，露出笑容。

「嗯？」

男人看著訓訓，似乎無法理解這個笑容的含意。

訓訓使勁把球往上空丟，然後趁著男人抬頭仰望、等候球落下的時候，迅速蹲下去鑽進男人棕色的長袍裡。就如他所預期的，男人的屁股上長著眼熟的雞毛撢子般的尾巴。

「果然。」

是小悠，絕對不會錯。

訓訓毫不猶豫地伸出雙手抓住這條尾巴，順著蹲下來的動作一口氣把它拔下來。

「哇，你在做什麼？」

男人發覺有異，反射性地按住屁股回頭，這才發現訓訓竟然拿著自己的尾巴。

「啊？住手！住……」

訓訓瞄準目標，把尾巴插上自己的屁股。

這時，突然有一股電流通過般的奇妙感覺，從腳底沿著背脊一路往上竄，到達頭頂的髮梢後，他頭上冒出長長的耳朵，臉頰上「咻咻咻～」地長出長長的鬍鬚，鼻子變成黑色的圓形。他把雙手貼在地面，抬起頭喊了聲：「汪！」

訓訓變成狗了。

男人（也就是沒有尾巴的小悠），束手無策地僵在原地無法動彈。這時剛剛丟上去的球總算掉下來，掉在男人（也就是小悠）的頭上。這時，男人（小悠）總算清醒過來，奔上去喊：「還我！」

但訓訓以小型犬特有的靈巧動作閃躲，開始猛衝。小悠在石版地上跌了個狗吃屎，但他不顧疼痛，拚命追逐。

「等等！把尾巴還我！」

「哈哈哈哈哈！」

訓訓對於自己變身為狗的事實忍俊不禁，高興地在庭院中盡情奔馳。他沿著圓形噴水池繞圈圈逃跑，小悠也繞圈圈追逐。即使是小型犬，當狗全速奔跑時，憑人類的雙腳還是很難追上。

隔著餐廳玻璃門，可以看到爸爸工作中的身影，他似乎完全沒有注意到外面的騷動。訓訓和小悠圍繞著黑櫟樹邊吵邊繞圈圈，爸爸好像絲毫沒有察覺。

「汪汪！在這裡！」

「不要鬧，快還我！」

「才不要，我還要玩！」

訓訓爬上階梯，發出「唔唔唔」的聲音，把鼻子鑽進餐廳門的縫隙。

「啊！」

小悠連忙躲到黑櫟樹的樹幹後方。他似乎很抗拒被家人看到沒有尾巴的模樣，只能哀求地從樹蔭伸出手。

「啊，別這樣！」

訓訓不理會他，跑到家裡，在餐廳地板上亂跑。爸爸聽到聲音，停下手邊的工作探視餐桌底下。

「怎麼了，小悠？」

爸爸把訓訓稱作「小悠」。訓訓想聽爸爸再喊一次，便跑上櫥櫃撞落迷你聖誕樹。爸爸皺著眉頭站起來。

「小悠，你在做什麼？真是的。」

竟然稱他為「小悠」？哈哈哈。

訓訓把故事書踢得亂七八糟，跑上客廳。正在陪小寶寶睡覺的媽媽抬起上半身喊：「小悠！」

又來了，媽媽也叫他「小悠」。

「小悠怎麼了？」

走上來的爸爸目瞪口呆。

「不知道。」

訓訓爬上沙發俯視著大家。

「訓訓是小悠喔！」

小寶寶像是要回應他一般，發出「啊～」的聲音。

訓訓被稱作小悠，快樂得不得了。變成自己以外的身分，竟然是這麼愉快的一件事。他獲得解放，心情相當開朗。

相反地，被奪走自我的小悠則悲傷地扭曲著臉，從玻璃窗外看著訓訓。

「拜託，還給我啦～」

太陽已經西斜，庭院不知何時已恢復原狀。

「嗚～嗚～」

恢復狗樣的小悠愛憐地舔著自己的尾巴，並怨恨地瞪著訓訓。然而，訓訓絲毫不以為意，一再模仿小悠喊：「汪汪！」

看到他愉快的模樣，爸爸媽媽都有些傻眼。

「剛剛還像是返回嬰兒時期般大哭大鬧，現在卻變得這麼開心。」

「明明很頑固，可是心情轉換速度很快。」

「不是返回嬰兒時期，是返回小悠。」

「那你知道小悠在說什麼嗎？」

訓訓代替忿忿睡覺的小悠發言：

「嗯。他說他想要更好吃的狗飼料。」

「嘖，這樣啊。好吧，我現在就去買新的。」

爸爸帶著苦笑站起來。小悠仰望著爸爸，眼中流露喜悅的光彩。

「汪！」

爸爸新買回來的狗飼料似乎正對小悠的胃口，一放進餐盤牠就全吃光了。爸爸看著牠吃完，然後開始準備人類的晚餐，內容是鮪魚生魚片和香腸湯。兩種都是訓訓最喜歡的料理，因此他開心得手舞足蹈。看到他這副模樣，媽媽似乎也鬆一口氣地露出笑容。

吃過晚餐，大家一起洗澡。媽媽讓爸爸洗小寶寶。爸爸單手放在嬰兒浴缸中支撐小寶寶的頭，戰戰兢兢地用紗布清洗脖子周圍和手腳上的皺紋之間。媽媽泡在浴缸裡詳細地指示步驟。訓訓一會兒把杯子排列在浴缸邊緣換水，一會兒把魚形積木玩具漂浮在水上玩。

洗完澡，小寶寶換上新的內衣，喝過奶之後立刻睡著了。訓訓今天似乎也很疲倦，在旁邊擺了玩具電車的床上立刻睡著。

階梯狀的屋子總算迎來安靜的時刻。

在昏暗的餐廳中，穿著睡衣的媽媽用奶油刀在鯛魚燒塗抹奶油後，雙手把鯛魚燒送入嘴裡，鼓起臉頰咀嚼。

「嗯～好幸福。」

爸爸在脖子上掛著毛巾，露出不安的表情面對電腦。

「我今後真的能代替妳嗎？」

「你擔心她不喝奶？」

「我抱她的時候，她都一直哭，可是妳一抱她，她就不哭了。」

「不順利是很正常的。訓訓出生的時候，你什麼都沒做啊。」

聽到這句話，爸爸愣了一下，停下手邊的工作並慚愧地闔上電腦。

「對不起。我當時拿工作當躲避的藉口。」

「可是又一直對我察言觀色。」

「哈哈，真是差勁的父親。」

他冒著冷汗，面帶僵硬的笑容，歉疚地摸了摸脖子後方。

「我當時以為，男人都對嬰兒沒興趣。」

媽媽露出回憶往事的眼神。當時真的很辛苦，真的……

「啊，不過我產生興趣了。」

「什麼？騙人的吧？」

爸爸突然露出活力充沛的笑容，像大力士般雙手握拳，上下晃動手臂展現決心。

媽媽看到這個古怪的動作，不禁目瞪口呆。

「是真的，我真的產生很大的興趣。」

「一定是騙人的。」

爸爸為了刻意向苦笑的媽媽誇耀，繼續說：

「看，哈哈哈。妳看、妳看！」

「哈哈哈哈……」

兩人同時開懷地笑了。

「啊。」

這時爸爸突然停下動作，在自己的手機中輸入一些字。

「嗯？怎麼了？」

「我剛剛想到的。」

媽媽的手機震動起來。她拿起手機，盯著螢幕上的文字。

「怎樣？」

「嗯……滿好的。」

「類似路標的意思吧。」

「嗯，我覺得很好。」

兩人盯著各自的螢幕。

訓訓俯臥在床上，翹著屁股睡覺。

「唔唔……」

他今天早上也以這樣的姿勢醒來。

他突然起身，環顧臥室。

臥室裡沒人。

「……」

他穿著睡衣，揉著帶睡意的眼睛，走下階梯到客廳。

「早安，訓訓。」

媽媽抱著小寶寶迎接他。

「早安。」

正在做早餐的爸爸停下手邊的工作，走向他說：

「你看看後面。」

「……嗯？」

降臨節日曆上貼著和紙，紙上用毛筆寫了些字。

「上面寫什麼？」

「命名，未來。」

「未來？」

爸爸把手放在訓訓的雙肩上，讓他面對小寶寶。

「小寶寶的名字是『未來』。」

訓訓看著在媽媽懷裡板著臉睡覺的小寶寶，慎重地念出這個名字：

「……未來？」

小寶寶好像聽到呼喚，突然醒來。

原本沒有名字的東西取了新名字。訓訓心想，命名就好像是把新的力量分送給對方。話說回來，這個名字聽起來真奇妙。未來、未來、未來……他在腦中不斷複誦。

訓訓露出笑容，又喊了一次這個名字。

「未來呀。」

接著又補一句：

「好奇怪的名字。」

小寶寶板著臉，側眼看著訓訓。

女兒節人偶

「唷咻！」

爸爸從大紙箱中拿出幾個小箱子，排列在餐桌上。媽媽把華麗的人偶擺放到櫥櫃上方。那裡是去年放置聖誕樹的地方。

訓訓從階梯上興致盎然地觀望。

「那是什麼？」

「女兒節人偶。替女生慶祝用的。」

「慶祝？」

未來躺在嬰兒搖椅中搖著。

爸爸從小箱子拿出和紙包裝的三寶與菱台（註4），替訓訓說明：

註4：女兒節人偶組合中的小道具。三寶是放瓶子的台子，菱台是放菱餅（菱形和菓子）的台子。

「就是要祈禱她健康長大。」

「吼～」

訓訓發出怪聲，想要爬上櫥櫃，卻被媽媽阻止。

「住手。這是未來的，不准碰。」

「訓訓也想要。」

「訓訓是男生吧？」

媽媽抱起他，讓他遠離人偶。

「哈、哈、哈、哈！」

小悠也想要跳上去聞人偶，被快步趕到的爸爸拉開。

「小悠也不能碰。你是男生吧？」

「嗚～」

未來誕生後，爸爸和媽媽決定購買新的女兒節人偶。他們屢次去逛百貨公司和專門店，再三考慮過後終於選了這一組。這是只有男女人偶的「親王飾」，自從二月中旬擺設以來，替太田家的餐廳增添了華麗氣氛。收納用的紙箱為了避免擋路，則是放在客廳角落。

三月三日到了。雖然這個節日又稱作桃花節，但這個季節的花其實很少。媽媽把好不容易找來的油菜花和海棠插在花瓶中，準備迎接來客。在柔和的陽光下，E233系電車沿著根岸線駛來。不久，門鈴響起，鄉下的外公外婆特地來慶祝未來的第一次女兒節。

「好久不見。」

「歡迎。」

「橫濱好溫暖。」

兩人沒有脫下外套，就直接湊向嬰兒搖椅。

手拿玩具蜜蜂的未來打了一個大呵欠。

「好可愛。女孩子果然跟男孩子不一樣，可以穿漂亮衣服打扮。」

「已經三個月了，日子過得真快。」

「體重已經是出生時的兩倍。」

媽媽邊檢視紙袋中的伴手禮邊回答。

外婆轉頭問：

「脖子可以立起來了嗎？」

「嗯，幾乎可以了。」

外公拿出平板電腦，開始拍攝影片。

「未來～我是外公喔～未來～」

未來揮動玩具蜜蜂，發出「啊～」的聲音，好似在回應外公的呼喚。

這時訓訓突然出現在畫面中。

「哇！」

「訓訓，不要搗蛋，這是要給曾外婆看的。」

外公稍加勸導，繼續拍攝未來。

「未來～」

「訓訓也要拍影片。拍我！」

這回訓訓拉著外公的手阻擋攝影。

「好、好，知道了。」

訓訓抬起單腳，擺出得意的姿勢。外公無可奈何地拍他，但鏡頭又自然而然地帶到未來那邊。

「未來～」

「拍訓訓的影片啦！」

訓訓再度拉扯外公的手臂。

「好、好。」

外公拍攝抬起單腳的訓訓，但鏡頭還是自動帶到未來。

「未來……嗯？」

他以數碼變焦功能放大螢幕上未來的右手，看到手掌上有一塊紅色痕跡，因而放下平板電腦，打開未來小小的手直接觀察。

「咦？這是胎記嗎？」

「嗯？哪裡？」

外婆也探頭過來。

「這裡。」

「哎呀，真的耶。」

從手掌上的大拇指根部到手腕，有一塊面積頗大且清晰的紅色胎記。媽媽無奈地嘆一口氣說：

「那是生下來就有的。」

「看過醫生了嗎？」

「嗯，可是聽說不知道會消失還是留下來。」

「這樣啊。如果留下來，本人也許會在意吧。」

「唔～」

未來輪流看著壓低聲音討論的大人。

天黑後，爸爸將大盤子端到餐桌上。盤子裡的散壽司撒上雞蛋絲、山椒芽、鮭魚卵和鮪魚，非常豪華。木碗裡的文蛤湯加了山椒芽和球狀麩。準備完成後，大家圍繞著節日大餐坐下。

「辛苦了。」

外公慰問上菜後坐下來的爸爸。

「不不不，我只是擺出由美準備的料理而已。」

外公替他倒啤酒說：「來來來。」

「啊，謝謝。」

「我很高興可以受邀來慶祝喔。」

「歡迎隨時來玩。」

兩人一起乾杯。

在他們旁邊，外婆和媽媽對訓訓說明：

「女人偶和男人偶是夫妻。」

「夫妻。」

「沒錯，就像媽媽跟爸爸、外婆跟外公、曾外婆跟曾外公。」

「訓訓，你記得去年參加過曾外公的喪禮嗎？」

「嗯。」

訓訓用叉子插起球狀麩。

「對了。」媽媽拿起木碗問外婆：「曾外公和曾外婆的傳說是真的嗎？」

「什麼傳說？」

「聽說曾外公在池田醫院對曾外婆一見鍾情，向她求婚時，曾外婆說：『跟我賽跑，你如果跑贏我，我就答應你。』後來曾外公贏了，兩人才結婚。」

外婆連連點頭，表示她知道有這回事，接著說：

「這種事，我從來沒聽他們本人提過。」

「什麼～？」媽媽不禁湊向前。「但在喪禮上，大和伯伯他們也在講耶。」

外公從一旁插嘴：「妳外公髖關節不太好，所以大概不是真的。」

「原來是假的啊？」

「不知道。所以才叫傳說吧？」

外婆閉上眼睛，拿起碗喝湯。媽媽看到她這副模樣，察覺到這個故事應該還有隱藏的真相。她懊悔在曾外公生前沒有親自問本人。曾外公在種田之餘，每天都會到醫院探望住院中的曾外婆。他過了九十四歲都沒有生病，身體相當硬朗，然而某天早晨，他在別屋的廚房倒下後，再也沒有醒來了。烤麵包機裡還有土司，可見他正在準備早餐。事情真的發生得很突然。

「咦？對了。」

一手拿著啤酒杯，臉色通紅的外公詢問外婆：

「女兒節人偶不是也有傳說嗎？」

「聽說過了節日之後，如果沒有將人偶收起來，婚期就會被拖延吧？」

媽媽用提出異議的口吻說：

「這年頭沒人會在乎這種事吧……拖延多久？」

「聽說每晚一天收起來，婚期便會往後延一年。」
「唉，真是的，這種數字不曉得是憑什麼根據來的。」
「就是傳說啊。只是傳說而已……」
嬰兒搖椅中的未來握著玩具蜜蜂，凝視著外婆他們，彷彿聽進了所有對話——

手機螢幕上顯現「三月四日」的文字。
時間是七點二十四分。
「哇，糟糕。」
穿著套裝的媽媽朝擺在餐廳的小鏡子迅速化妝，然後急忙從衣架取下大衣。
「要遲到了。」
從很久以前，媽媽就沒有把化妝用具放在洗臉台，而是在餐廳的角落化妝。她之所以會在這麼不方便的地方化妝是有理由的。即使是短暫的時間，她也不想要讓兒女跑到自己的視線範圍以外。她已經習慣不論做任何事都要跟他們在同一個場所，否則就會感到不安。
然而，今後不一樣了。她從今年春天回到工作崗位，孩子的事必須全面仰賴在家工作的丈夫。這當然令她憂慮不已，不過還是得做出決斷才行。

她背起大包包，快步繞過餐桌，對慢吞吞吃著早餐的訓訓說：

「訓訓，媽媽今天跟明天要出差，所以不在家。」

「不要！」

訓訓傷心地扭曲臉孔，丟下麵包、離開椅子追向媽媽。爸爸也抱著未來，走來下方送行。

「要乖乖看家喔。」

「不要！」

「快要大出來的時候，要跟爸爸說喔。」

「不要走～！」

訓訓一臉不安地在大門口跳著腳哀求。

媽媽回頭笑了笑，然後以臉上的妝容不會脫落的程度，輕輕親吻訓訓的臉頰，接著又吻了未來和爸爸。

「小孩子就拜託你。」

「好的。」

「媽媽不要走～」

「還有，女兒節人偶要在今天之內收起來。」

「好的，沒問題。」

「媽媽～」

「那我走了。」

砰，門關上了。

在瑞香的小花綻放的校園前，一名頭髮柔順飄逸的國中男生走過。他雖然個子偏矮，不過修長的脖子很適合穿立領制服，稱得上是個美少年。一群同年級的女生不時發出興奮的叫聲，保持適當距離跟在他後方。她們穿著深藍色水手服和紅色領巾，一副古典的國中女生風格。圍了好幾圈的圍巾底下，臉頰染成紅色的理由絕不是因為氣溫太低，而是她們正處於萌生初戀情感的纖細年齡。

在他們旁邊，爸爸拉著仍舊啜泣的訓訓，快步走向幼稚園。

「我要媽媽！不要爸爸！」

「好好好。」

嬰兒背帶中的未來注視著擦身而過的國中女生。

早晨的幼稚園前方擠滿送小孩來學校的家長，爸爸一行在快要關門時才抵達。當訓訓換拖鞋時，爸爸確認了幼稚園的聯絡事項，然後直接折返回家路上的斜坡。

當他在廚房洗碗的時候，不小心手滑，打破盤子。

「啊。」

他還沒收拾散落的玩具和故事書，就不小心打開吸塵器。

「啊啊。」

他在洗脫烘洗衣機前，因為不了解洗滌標示的意思，只好用手機搜尋。

「啊啊啊。」

在清掃浴室的時候，原本想要打開水龍頭，沒想到水卻從蓮蓬頭噴出來，害他嚇了一跳。

「哦哦哦哦。」

他泡了牛奶，未來卻嫌棄地往後仰，完全不肯喝。

「哦哦哦哦哦。」

他看向時鐘，不禁吃了一驚。

「啊，已經這麼晚了。」

接小孩的時間快要到了。他從冰箱拿出昨晚剩下的散壽司，想要當作午餐。散壽司變得又冷又硬，用筷子戳進去便整塊抬起來。他無可奈何地直接咬下去，邊咀嚼邊摸索著扣上身後的嬰兒背帶。

「嗚哇啊啊啊啊！」

未來不肯停止哭泣，不知是因為肚子餓、想睡覺、還是心情不愉快。

午後的幼稚園已經擠滿來接孩子的家長。爸爸因為忙於應付未來，差點趕不上時間。訓訓正在換鞋子。

「我不要爸爸。」

「好好好。」

他拉著哭哭啼啼的訓訓，沿著斜坡回家。

未來仍舊嚎啕大哭。爸爸拆下嬰兒背帶的釦環，把她放在嬰兒搖椅裡說：

「來睡午覺吧～」

未來立刻睡著了，看來她是想睡覺。

爸爸輕輕替她蓋上毛毯，鬆開手後無聲地緩緩後退，避免弄醒她。

「呼～」

他深深嘆一口氣，坐在餐桌一角的工作椅上，打開筆記型電腦。

然而——

「……」

累積的疲勞使他的腦袋無法運轉，工作完全沒有進展……他闔上電腦，趴倒在餐桌上。

午後慵懶的陽光中，傳來細微的睡眠呼吸聲。

「……呼～……呼～……呼～……呼……」

聲音中斷，變成無聲。

身體一動也不動。

接著——

爸爸突然抬起上半身，揉著眼鏡底下還想睡的眼睛，再度打開筆記型電腦。他打開資料夾翻了一下就放在一旁，立刻著手工作。

「唔……」

他在螢幕上的３Ｄ模擬軟體視窗中進行作業。

爸爸開始自由接案後立刻經手的作品意外獲得許多獎項。他雖然不算年輕，卻成為受到矚目的建築師之一，接到來自國內外的大小委託案件，工作表滿到難以置信。然而不論得到多少獎項、受到多大矚目、接到多少委託，他的辦公室仍只有餐桌一角，並且幾乎得獨自一人完成所有作業。

「爸爸陪我玩。」

訓訓從底下探出頭，把一塊餅乾放在餐桌邊緣。餅乾是魷魚形狀，這是海洋生物造型、口感脆脆的餅乾。

「你不去小裕家玩嗎？」

「嗯，我要跟爸爸玩。」

訓訓從袋子拿出章魚和鮪魚餅乾，一個個排列。

「你不是不要爸爸？」

「沒有不要，所以陪我玩。」

他又擺出蝦子、烏龜和翻車魚餅乾，仔細地調整角度。

「嗯，我知道了。」

爸爸雖然口頭上這麼說，雙眼卻沒有離開螢幕。

「念故事書給我聽。」

「嗯。」

「放影片給我看。」

「嗯。」

「來玩陀螺大賽。」

「……嗯。」

「……」

「………嗯。」

「……」

「…………嗯～」

爸爸專注工作到什麼都聽不見，連排好的餅乾似乎也沒有看到。訓訓只好放棄，把頭縮回餐桌底下。

未來在嬰兒搖椅上睡得很熟。

「未來。」

「……」

他呼喚未來，但她沒有醒來的跡象。

「未來，妳有沒有看過鯨魚？」

訓訓拿鯨魚形狀的餅乾給她看。

「嗯……」

未來在睡眠中翻身，轉向另一邊。訓訓無可奈何地吃掉拿出來的鯨魚餅乾。

「訓訓還是不喜歡未來。」

他從袋子拿出另一塊餅乾，又是鯨魚的形狀。他盯著這塊餅乾，想到一個點子，臉上露出奸笑。

訓訓離開後，未來仍舊繼續睡覺。

「嗯……」

她似乎睡得很不安穩，發出不舒服的聲音。

這也是可以想見的，因為未來的臉上擺滿餅乾。魷魚、蝦子、翻車魚、烏龜、鮪魚、章魚餅乾，以不會掉下來的巧妙平衡擺在未來的額頭、臉頰和下巴上。鼻子下方擺著鯨魚形狀的餅乾，看起來就像小鬍鬚。

然而，未來本人當然不知道自己的臉變成這樣。

「嗯嗯～嗯……」

未來像是在作惡夢般，發出痛苦的聲音。

傳說

「哼哼哼～哼哼哼～」

訓訓打開通往中庭的門，穿上運動鞋，關上玻璃門。哈，清爽多了。他哼著歌擺動上半身，走下通往中庭的階梯。

呱、呱呱。

這時他聽見很粗野的叫聲。

接著，悶熱的空氣突然迅速灌進來。身體周遭的濕度急速上升，肌膚上都是黏膩的汗水。

怎麼了？發生什麼事？

訓訓回頭，看到原本只有一棵黑櫟樹的小小中庭變成完全陌生的景象。

周遭不知何時長滿熱帶植物。

「……咦？」

仙丹花、姑婆芋、觀音座蓮、濱玉蕊、粗肋草、短穗魚尾葵……訓訓心想，簡直就像叢林。圓葉刺軸櫚、林投樹、海檬果、垂榕……各種植物密集生長，宛若競逐般茂盛。訓訓像是在翻閱圖鑑般瀏覽了一陣子。

呱、呱呱。

他又聽到剛剛那陣怪異的叫聲，抬起頭看到在巨大的椰棗後方，有兩隻龐大的鳥影並排飛過。一定是那些鳥的叫聲。更上方的天花板覆蓋著鐵架與玻璃的圓頂。這裡不是叢林，而是溫室。仔細一看，通道上鋪著六角形的磁磚。

也就是說，這裡是熱帶庭園。

「咦？又來了。」

訓訓喃喃自語。他又像之前一樣，來到奇怪的地方。

他在潮濕的空氣中邊走邊東張西望，這時，他腳邊發出「喀吱」的聲音。

「……嗯？」

他移開腳。六角形的磁磚上有某樣東西的碎片。他蹲下來，用手指夾起來。碎片是淺棕色的。

「這是什麼？……啊。」

前面還有，他站起來走過去查看。這塊保留了碎掉之前的形態，是他熟悉的形狀與顏色。他撿起來大喊：

「鯨魚餅乾！」

接著，在前方又發現章魚形狀的餅乾，收起來；更前方還有海膽形狀的餅乾，再收起來——簡直像糖果屋的故事。

「這裡也有！哈哈哈。還有！呵呵呵。」

他開心地跳向一塊塊掉落的餅乾並撿起來，不知不覺就偏離磁磚道路，進入長了厚厚青苔的道路。他抓起蕨類葉子後方的魷魚餅乾，接著發現更前方的海豚餅乾。

然而，他伸出手後突然停下來。

那裡有一雙鞋子。

訓訓呆呆望著棕色皮鞋和折起來的白襪子。視線前方飛舞著色彩鮮豔的藍色蝴蝶。他以視線追逐蝴蝶，緩緩抬起臉。出現在那裡的是——

「……咦？」

深藍色水手服上綁了紅色領巾、一身國中制服的陌生女孩，昂首站在類似香蕉的芭蕉科大葉子前方，一雙圓滾滾的大眼睛看著他，及肩的黑髮末梢呈現纖細的捲度。

水手服和香蕉這樣的組合已經夠奇怪了，更奇怪的是，她的鼻子與嘴唇之間夾著鯨魚餅乾。

國中女生以噘起的嘴巴說道：

「哥哥。」

「……什麼？」

訓訓被稱呼為「哥哥」，不禁張大嘴巴。

國中女生夾起鼻子下方的餅乾拿下來。

「不要玩我的臉。」

訓訓仍舊張大嘴巴，然後問：

「……妳是誰？」

「之前你還把我打哭……不過這個姑且不論。」

國中女生收回帶些怒意的口吻，嘆一口氣，把右手食指放在嘴前，像在壓抑自己。

「現在的問題是——那個！」

她伸直手臂，指著遠方。

訓訓站起來仰望她的右手。

她的手掌上有塊紅色的胎記。訓訓覺得這個形狀很眼熟。

「妳該不會是……」

訓訓睜大眼睛喃喃說道。

「……未來的未來？」

國中女生感覺到視線，連忙將那隻手藏到背後。

「不要看！」

訓訓睜大眼睛，往後倒在青苔的地毯上。

蕨類的葉子搖晃了一下。

未來的未來指著的是女兒節人偶。

訓訓把手指圈起來當作雙筒望遠鏡，貼在眼前眺望人偶。隔著餐桌的另一邊，可以看到爸爸用電腦工作的身影。玻璃門前方的黑櫟樹被熱帶植物包圍，顯得很侷促。

「每晚一天延後一年……」

未來躲在葉面有雙臂張開那麼大的龜背芋葉子後方，真切地說：

「你也許會覺得：『什麼？才一年而已。』可是，如果每年都累積一年，結果會變成怎樣？」

她的語調明顯帶有怒意。

訓訓看著未來問：「會變成怎麼樣？」

未來像自言自語般低聲說：

「……搞不好就不能和喜歡的人結婚了……」

她指的是昨晚外婆提到的女兒節傳說。如果不在期限之內收拾女兒節人偶，就會拖延婚期。訓訓把圈起來的手指望遠鏡轉向未來，朝她逼近。

「……」

「什……什麼事？」

「妳喜歡誰？」

未來似乎心生動搖，紅著臉說：

「那那那是將來的事。」

「要不要賽跑？跟我賽跑。」

未來困窘地抬起手防衛。

「總總總總之，你去叫爸爸趕快收起來！」

但是——

「不要。」

訓訓把臉轉向另一邊。

「……為什麼？」

「因為訓訓不喜歡未來。」

「為什麼不喜歡？」

「不能好好相處。」

未來以殷切的表情抓住訓訓的肩膀，讓他面向自己。

「你要知道，我沒辦法自己去跟爸爸說。」

「為什麼？」

「所以拜託你，哥哥。」

她搖晃訓訓的身體，然而訓訓又把臉轉向另一邊。

「訓訓不是未來的哥哥。」

聽到這個回答，未來好一陣子啞口無言。

「呼。」她嘆一口氣，接著說：「這樣啊？哼哼。」

她露出冷淡的眼神，豎起食指。

「你既然不聽人家請求，就要接受蜜蜂的懲罰。」

「蜜蜂的懲罰？」

訓訓把臉轉過來問。

未來突然站直身體，豎起雙手的食指。

「扭扭屁股～」

她模仿蜜蜂，可愛地扭屁股，然後又說：

「去散步～」

她搖晃上半身，彷彿在畫著八字形飛舞。

「……嗯？」

訓訓只能呆呆凝視這一連串奇妙的動作。

接著未來發出呵呵的笑聲，出其不意地用雙手食指戳訓訓的兩側。

「刺你刺你刺你。」

「啊哈哈哈哈。」

訓訓因為很癢，扭動著身體。

「刺你刺你刺你。」

「啊哈哈哈哈。」

他苦悶地扭曲著臉，不斷扭動身體。

「刺你刺你刺你。」

「啊哈哈哈哈。」

他幾乎喘不過氣，一直扭扭扭。

這時未來突然停止戳他。

訓訓得到解脫，雙手貼在地面大口喘氣。

未來撥起頭髮，彷彿完成一項工作。

「怎樣？要不要聽我的？」

訓訓把滿頭大汗、紅冬冬的臉朝向她說：

「……可不可以再來？」

「嗯？」

未來不禁眨了眨眼。

訓訓再次小聲地要求。

「……再來。」

呱、呱呱。

先前那道非常粗野的叫聲不知從何處傳來。

喀唧、喀唧喀唧……爸爸按著滑鼠發出聲音。訓訓從中庭爬上餐廳。爸爸專注於工作，即使訓訓呼喚他，爸爸的雙眼也沒有離開螢幕。

「爸爸。」

「在～」

「你看看女兒節人偶。」

「嗯～……」

「要不要收起來？」

「嗯～……」

「爸爸。」

「……在～」

不行，爸爸只是心不在焉地回應，不可能要他收拾女兒節人偶。

「真是的。」

躲在熱帶植物陰影的未來嘆一口氣，等訓訓從餐廳回來就對他說：

「既然這樣，哥哥要負責幫我收好。」

「嗯，我知道了。」

「你說你知道了……啊，等等。」

「怎麼了？」

「讓我看看你的手。」

「手？」

訓訓伸出沾滿泥巴的手掌。

「嗯，好髒。怎麼都是泥巴？還是算了。」

「為什麼？」

「就說不用了。」

「為什麼？」

「因為我不希望你用那雙手碰女兒節人偶……啊，你剛剛挖鼻孔了？」

「沒有。」

「你挖了。」

「沒有。」

「我看到了。」

「我沒有挖。」

「不要邊挖邊說這種話……算了，我不拜託你。」

「為什麼？」

「住手！」

「住手什麼？」

「不要抹在褲子上！」

唉，沒辦法。

未來嘆一口氣，接著露出下定決心的眼神，彎下身子走向前方。她躲在龍舌蘭的花盆後方，窺探爸爸的動作，然後經過黑櫟樹後方，迅速來到階梯。她像貓一樣爬上階梯，手伸向玻璃門，輕輕將門打開到勉強可以通過的程度。

「……」

她脫下皮鞋踏入餐廳，從餐桌邊緣偷看。爸爸凝視著電腦螢幕。很好，沒有被發現。她再度抬頭仰望櫥櫃上的女兒節人偶，然後環顧四周。收納人偶的箱子應該在某個地方。這層沒有找到，那麼在哪裡？她像間諜般翻身爬上階梯，跳入爸爸視線死角的位置，把頭探向客廳，在小型龜背芋的盆栽後方看到大紙箱。她壓低身子迅速上樓，挨近箱子，再次確認沒有被爸爸發現，然後輕輕打開蓋子。

「……找到了。」

她不禁低語。紙箱裡有大小箱子，上面放了兩雙白手套、雞毛撢子，以及記載女兒節人偶收拾方式的手冊。白手套是為了不讓汗水與皮脂弄髒人偶而準備的。未來大略檢視過後，迅速放入水手服胸前的口袋。

她回到下一層的餐廳，從餐桌邊緣探出頭。

爸爸似乎依舊沒有發覺，正發出「唔～」的沉吟聲。

未來低下頭，把戴上白手套的手悄悄伸向人偶前方的菱台。

這時爸爸突然抬起頭。

「……嗯？」

「！」

未來驚覺情況不對，反射性地縮回白手套。

「咦……？」

在近視的爸爸眼中看來，剛剛好像有雙白到不自然的手伸出來，然後又突然消失。他用力眨了兩下眼睛，揉揉眼鏡後方的眼睛，接著緩緩把脖子斜向旁邊，想要檢視餐桌底下有什麼。

未來緊緊閉上眼睛，縮起身體。

爸爸繼續緩緩將脖子往旁邊伸長，視線忽然轉到下方。

「……咦？」

他沒有看到嬰兒未來的身影。

「不見了？」

嬰兒搖椅中只剩下毛毯。

爸爸驚訝地跳起來。現在不是工作的時候。眼見大事不妙，他慌忙搜尋四周。

「未來，妳在哪裡？」

未來趁這個空檔，急忙沿著地板爬向外面。木頭地板發出砰砰聲響，但她管不了那麼多。當她離開時，爸爸剛好蹲到桌子底下。

「未來，妳在哪裡？」

未來從打開的門奔入熱帶庭園。

就在此時，爸爸站起來，再度望向嬰兒搖椅。

「咦？」

嬰兒未來滑到毛毯底下，正在睡覺。

「……原來只是滑到下面去了。」

爸爸鬆一口氣，溫柔地抱起未來，避免弄醒她，然後把她輕輕放回嬰兒搖椅。

剛剛是什麼情況？

訓訓眨了眨眼睛。

「你看到剛剛的情況了嗎？」

變成人類的小悠不知何時出現在他身旁，用手指圈起的雙筒望遠鏡眺望。

「原本以為小寶寶消失了，結果又出現，真是奇妙。究竟是怎麼一回事？或許這意味著，未來的未來和嬰兒的未來不能同時存在。」

「存在？」

在草地上躺成大字形的未來猛然起身，穿回鞋子。

「你才應該覺得自己的存在很奇妙吧?竟然還會說人類的語言。」

「這點倒是一點都不奇怪。」

小悠一副理所當然的態度回答。未來無奈地嘆一口氣，然後走近他們說：

「問題不是這個，現在的問題只有：『女兒節人偶要怎麼辦?』如果有時間感到奇妙，小悠——」

「什麼事?」

「你也來幫忙。」

未來從胸前的口袋拿出手冊。

「啊，好的。」

小悠接過手冊，迅速翻閱。

未來轉向訓訓說：

「哥哥，你負責分散爸爸的注意。」

然而訓訓紅著臉，顯得扭扭捏捏的。

「……怎麼了?」

「剛剛的。」

「啊？」

「再弄一次。」

「剛剛的什麼？」

訓訓什麼都沒說，低著頭抬起視線，害羞地扭動身體。

爸爸面朝牆邊的書櫃站著，低頭閱讀資料用的專業書籍。

「哈哈哈哈哈。」

他聽到訓訓的笑聲迴盪在中庭。

他斜眼瞥了一下外頭。訓訓在玩什麼？他沒有看到訓訓的身影，大概是在黑櫟樹葉後方吧。

「哈哈哈哈哈。」

笑聲再度傳來。聽到他充滿喜悅的笑聲，爸爸也忍不住泛起笑容。

「呵呵……什麼事情這麼好玩啊？」

爸爸喃喃自語，翻閱著專業書籍。

未來的未來

訓訓、未來和小悠三人從熱帶庭園一一探出頭，把頭壓得很低走向階梯，避免被發現。他們躡手躡腳地入侵室內。就如事先的討論，訓訓走向背對他們在看書的爸爸，未來則往人偶那邊前進。小悠拄著手肘戴上白手套，跟在未來身後。

「嗯～」

爸爸面朝書櫃沉吟，訓訓來到他旁邊站起身。

「爸爸。」

「嗯？」

「那個啊，訓訓……」

「什麼事？怎麼了？扭扭捏捏的。」

只要訓訓說些話，應該就能讓爸爸不去注意人偶，爭取更多時間。

未來戴上白手套，挨近女兒節人偶。小悠像情報員般，背貼著櫥櫃走過來，然後踏向前方用雙手拉來兒童椅，把手冊放在兒童椅上。他的動作非常敏捷。未來拿下菱台和三寶，仔細檢視。

「……好漂亮。」

她彷彿被人偶的美奪走靈魂般喃喃自語，然而只過一會兒她就收回心思，屏住氣息爬上通往客廳的階梯。這項任務最重要的是把女兒節人偶收回紙箱。小悠把女人偶左側的柑橘花移向左邊，雙手輕輕拿起男人偶。

另一方面，訓訓仍保持曖昧的態度扭扭捏捏。

「呃……」

「該不會是要大出來了？」

爸爸推測。然而訓訓瞥了一眼未來他們的方向，否定爸爸的問題。

「不是啦。」

「要大出來了？」

「不是。」

「你要大出來了吧？」

「不是。」

「如果要大出來了，就跟我說。」

爸爸似乎非常擔心訓訓快要大出來的狀態。

在這段期間，小悠熱心地比對椅子上的收拾方式手冊與實際的男人偶。照片上指示要拆下突起於頭上、稱作「纓」的零件。他依樣畫葫蘆，用大拇指和食指夾起人偶頭上的零件左右搖動。

「拆下……這個。」

零件「啵」一聲拔下來了。

他把這個「纓」放在照片上，接著尋找手冊上稱作「笏」的零件。原來如此，那是拿在右手、看起來像板子的東西。

「嗯……」

他夾起這個零件轉動一下，又拔下來了。

未來把菱台和三寶收回盒子，回來時轉頭看到小悠的舉動，不禁嚇一跳。

「……小悠，你幹嘛在這裡拆解人偶？」

她很想大聲質問，但沒辦法這麼做，只能揮動雙手用手勢表達。

「咦？啊？」

小悠嚇一跳，輪流看著男人偶和未來。

「抱歉。啊哇哇哇……」

他焦急地抓起纓，插回男人偶頭上。未來連忙回來，張大嘴巴卻又小聲地說：

「不用放回去啦！」

「啊哇哇哇……」

小悠受到責備不禁縮起身體，顯露寵物狗的膽小本性。

這時爸爸似乎察覺到背後騷動的氣息。

「嗯？」

未來和小悠也察覺到了。這是緊急狀態，必須趕快撤離。小悠慌慌張張地想要恢復成原本的樣子，把手冊從兒童椅上拍落，卻把笏留在椅子上。他沒有理會，把男人偶放回原來的位置，可是不小心稍微碰到紙燈籠。

爸爸緩緩地轉向女兒節人偶。

「嗯～？」

沒有人，沒有任何變化。

然而不知為何，只有紙燈籠失去平衡，不停搖晃。

接著它掉落地面，發出短促的「喀」一聲。

「……」

爸爸觀望了一陣子，把專業書籍放在餐桌上走過來。他撿起紙燈籠放回原來的地方，然後往後退，坐在兒童椅上。

「為什麼會掉下來呢……？」

他凝視著紙燈籠，不解地喃喃自語。明明沒有人在──爸爸這麼想，沒有發覺就在他身後的餐桌底下躲著勉強縮起身體的未來和小悠。

未來拚命屏住氣息。距離這麼近，只要發出一點點聲音大概就會被發現。她冒著冷汗，對身旁的小悠低語：

「會被發現……小悠，不可以呼吸……」

「什麼……？」

聽到這個蠻橫的命令，小悠的臉抽搐一下。

爸爸仰望上方，似乎陷入沉思。

「嗯～究竟是什麼樣的物理現象……？」

他不了解原因，發出沉吟轉向右方。

「嗯？」

轉向左方。

「嗯嗯？」

接著轉向下方。

「嗯嗯嗯？」

手冊掉在地上。

「這是什麼？」

糟糕！未來焦急地失去冷靜，想也不想就伸出手。

咻——手冊從爸爸的視野消失。

「啊！」

爸爸驚訝地叫出聲。

「這個現象究竟是……」

他緩緩起身，試圖從胯下窺探。

餐桌下的未來微微睜開緊閉的眼睛看向旁邊。小悠滿身大汗，臉部痛苦地抽搐。

未來閉上眼，思索該如何解決這個緊急狀況，卻想不到任何點子。她再度瞥向旁邊，看到小悠因為停止呼吸太久，臉色變成黯淡的土黃色。未來把眼睛閉得更緊。

爸爸緩緩低下頭。

「……！」

這時，有聲音傳來。

「要大出來了。」

「啊？」

爸爸驚恐地轉頭。

訓訓把手貼在大腿上扭動身體。

「要大出來了。」

爸爸連忙起身。

「哇，等一下、等一下。」

「等不了。」

「等一下等一下等一下！」

爸爸似乎忘記一切，抱著訓訓匆匆跑上階梯，直奔臥室上方的洗手間。確認看不到爸爸的身影後，小悠像倒下般從餐桌底下出來，大口呼吸。

「啊啊啊，我還以為我要死了。」

「呼，快趁現在！」

未來和小悠奔向女兒節人偶。

金屏風、紙燈籠、櫻花……兩人以驚人的速度將人偶收進紙箱裡，並且盡可能慎重、仔細地用雞毛撢子拂去灰塵才包起來。最後，未來疼愛地把女人偶放入箱子，只剩下等在後面的小悠手中的男人偶還沒收進去。

這時洗手間傳來沖水的聲音，接著聽到爸爸和訓訓的交談。

「你可以自己擦手手嗎？」

「嗯。」

「我知道了。」

未來暫且先蓋上紙箱，迅速躲到紙箱後方，並用雞毛撢子遮住臉。小悠仍舊拿著男人偶原地打轉，不知道該躲去哪裡，最後因為沒時間了，便匆忙趴在客廳矮桌底下躲起來。

爸爸從洗手間回來，經過矮桌和紙箱旁邊，但沒有發現任何異狀，走下階梯回到餐廳的書櫃前方。

訓訓跟隨在後，來到客廳，邊拉褲子邊問：

「好了嗎？」

這時候——

「啊。」

未來看到小悠手中的男人偶。

「啊～」

她張大嘴巴，卻只能小聲叫出來。

「怎麼了？」

「笏不見了！」

仔細看人偶，右手果然什麼都沒拿。

「什麼是笏？」

「就是手上像板子的那個？」

小悠連忙搜尋四周。

未來雙手放在臉頰上，臉色蒼白。笏到底掉在哪裡呢？那麼小的零件幾乎不可能找到。

「怎麼辦？沒有笏的話，就不能算是收拾好……」

「妳說的笏是不是那個？」

「咦？」

訓訓指著底下的餐廳。

未來張大嘴巴，用很小的聲音叫出來：

「找……找到了……」

笏黏在站在書櫃前的爸爸屁股上。木頭碎裂的部分勉強勾住褲子的纖維，不停晃動。

爸爸背對著他們在查閱資料。

訓訓、未來和小悠同時從餐桌的另一端探出頭。

他們看到在爸爸屁股上搖晃的笏。

三人悄悄地踏出腳。

爸爸翻著書。

三人暫時停止動作，緊張地吞嚥口水，然後再次緩緩移動。

他們屏住氣息，以同樣的動作躡手躡腳地接近搖晃中的笏。

然而，此時爸爸突然轉身，走向電腦。

「！」

由於事出突然，三人保持著單腳抬起的姿勢僵住，不停顫抖。

不過看來爸爸因為專注於工作，沒看到三人的身影。他操作完電腦，又自顧自地背對他們，把資料放回書櫃。

「……呼～」

三人單腳站立了好一陣子，總算鬆一口氣，再度緩緩向前。

爸爸拿出另一本書翻閱。

三人小心翼翼地踏出腳步。

他們朝不斷搖晃的笏接近。

這時，爸爸突然毫無防備地抓了抓屁股。

「！」

三人都僵住了，無法動彈。

爸爸若無其事地收回抓過屁股的手。

三人以單腳站立的姿勢靜候好一陣子。

「……呼～」

他們又鬆一口氣，緩緩前進。

笏還在搖晃。

緊張到滿身大汗的小悠，小心翼翼地伸出手。

「……！」

笏在搖晃。

訓訓也踮起腳尖伸出手。

「……！」

笏仍舊搖啊搖。

未來也緊張地流著汗伸出手。

「……！」

三人的手已經很接近爸爸的屁股。

就在這時候——

笏突然停止搖晃。

轉眼間，它無聲地掉下來。

「……嗯？」

爸爸察覺到動靜抬起頭，轉頭觀望。

「嗯～？」

他沒有看到任何人。

沒有任何人。

他搔搔頭，似乎認為是自己多心了，然後把正在閱讀的資料放回書櫃。

笏回到未來手中。

被爸爸屁股壓到而產生的裂痕沒有想像中明顯，不過仍舊是受損了。未來向箱子裡面對面收納的男女人偶道歉，脫下白手套和人偶一起收好，道了聲「明年再見」，輕輕蓋上紙箱的蓋子。

「哥哥，謝謝你。」

未來露出任務完成的滿足笑容。

翡翠葛垂掛著無數花朵，形成夢幻的隧道。這種土耳其石色彩的花，將站在前方的未來襯托得更加可愛。

「聽說一起做一件事，有時候會讓人產生同伴意識而增進感情。怎麼樣？你稍微喜歡我了嗎？」

「嗯～」

訓訓歪著頭想了一下，用力搖頭說：

「沒有。」

未來苦笑著嘆一口氣，接著說：

「這樣啊？那就算了。」

她故意擺出冷淡的表情背對訓訓，頭也不回地走入翡翠色的隧道。訓訓想到，這個未來是未來的未來，所以穿過這條隧道，大概就會回到未來吧？不過，這其實只是普通的花隧道而已。

天空已經呈現暮色。

恢復原狀的中庭裡，傳來出差回來的媽媽聲音。

「我回來了～」

「歡迎回來～」

「好累啊～」

媽媽一上到客廳，還沒換下套裝就抱起未來。

「呼～未來，我馬上餵妳喝奶奶喔。」

接著她看到沙發旁的紙箱，對爸爸微笑說：

「啊，謝謝你收拾了女兒節人偶。」

聞言，剛好爬上階梯的爸爸回答：

「啊，我忘記了！」

他似乎現在才想起來，奔向下方的餐廳，然後又面露不解地指著後方回來。

「……是妳回來之後收拾的嗎？」

「你在開什麼玩笑？一點都不好笑。」

正在玩迷你推土機的訓訓頭也不抬地說：

「人偶是訓訓收拾的。」

「什麼？」

「還有未來。」

「未來？」

爸爸不可思議地看著正在喝奶的未來。

「還有小悠。」

「小悠？」

小狗小悠在矮桌底下打一個大呵欠。

這天的晚餐是媽媽從出差地買回來的伴手禮箱壽司。厚到驚人的魚肉充滿鮮味，大家連連稱讚好吃，一下子就吃光了。晚餐後的點心是訓訓要求媽媽做的鬆餅加草莓，並淋上蜂蜜。

未來在嬰兒搖椅上揮動著玩具蜜蜂。

「啊，對了，訓訓遇到未來的未來。」

「哦？你們在一起做什麼？」爸爸一手拿著馬克杯問。

「蜜蜂的懲罰遊戲。」

「蜜蜂？」

「還有一二三木頭人。」

「這樣啊。真羨慕你。爸爸也想快點見到長大之後的未來。對不對，媽媽？」

爸爸感慨地看著未來。媽媽切著小盤子中的鬆餅，想了一下說：

「這個嘛……我還是比較希望慢慢來，現在只要小寶寶的未來就好了。」

她抬起頭看著未來。

「訓訓也只要小寶寶的未來就好了。」

餐廳裡洋溢著笑聲。

未來盯著爸爸、媽媽和訓訓的笑臉，在嬰兒搖椅上像平常一樣嘆一口氣。

「呼～」

水中

梅雨淋濕了中庭。

黑櫟樹的葉子承載的每一顆水滴，都映照出獨自的小小世界。

媽媽躺在床上，讓訓訓看筆記型電腦中的照片。今天是假日，她早已預定要悠閒地和訓訓度過。她從圖庫選了一張照片，像猜謎一樣秀出照片提問：

「猜猜這是誰？」

「呃~是媽媽。」

「答對了。」

螢幕上，幾年前的媽媽和現在不同，把頭髮紮到腦後，戴著眼鏡。

「訓訓在哪裡？」

「在我肚子裡。你是在這之後出生的。」

媽媽在照片中朝向側面，捲起衣服露出大肚子。十個月。從這裡往前回溯圖庫，在定點觀測紀錄的照片中，有八個月、七個月、六個月的照片，肚子越來越小。

「訓訓剛出生的時候，是什麼樣的小寶寶？」

「像現在的未來。」

「訓訓不喜歡未來。」

「不可以講這種話。」

媽媽皺起眉頭，一臉無奈。

照片回溯到剛結婚的時候。在採訪旅行的西堤島小巷子拿著紫羅蘭花束的媽媽。在改建前的家中廚房，右手拿平底鍋、左手拿炒鍋、擺出搞笑姿勢的媽媽。工作回來的深夜，在爸爸的房間坐在地板上吃便當的媽媽……

接著，突然出現身穿雪白婚紗的媽媽照片。

「啊。猜猜這是誰？」

「媽媽。」

在襯著綠色庭園的玻璃教堂前方，媽媽臉上化著結婚典禮用的濃妝，面露微笑，看起來就像故事書裡的公主。

「好漂亮。」

「對吧～～～？」

「瘦瘦的。」

「囉嗦。」

媽媽闔上筆記型電腦，拿出紙本的相簿。

一打開相簿，就聞到舊紙和照片定影劑的酸味混合的氣味。

「接下來是這本。」

「這是剛遇見爸爸的時候。」

那是在咖啡連鎖店和記者一起採訪爸爸的照片。

「這是剛工作的時候。」

那是在編輯部樓層翻開雜誌、勉強擺出笑臉的照片。

與這些照片相鄰的，還有一手拿著大學畢業證書、一手拿著花束、穿著和服袴裝微笑的照片。照片旁都有小紙條，寫著拍攝日期與簡短的文字介紹。每翻一頁，相簿中的媽媽就變得更年輕。從下一頁開始，是媽媽十八歲前在鄉下生活的照片：首次穿上高中制服，害羞地不敢看鏡頭，自我意識過度強烈的時期。和國中戲劇社同學笑得好像很開心，但其實在班上被欺負的痛苦時期。和家人出遊，去滑雪、恐龍公園、東京主題公園等等的快樂時光。以木造校舍為背景，緊張地直立不動，背著書包參加入學典禮的時刻……

「啊，你看，這是葉一。」

「葉一？」

「媽媽的弟弟。去年不是參加過他的結婚典禮嗎？」

在鄉下屋子前院，一對小姊弟並肩拍照。穿著連身裙的年幼媽媽，看起來比訓訓稍微年長。在她旁邊的弟弟葉一，握著附輔助輪的腳踏車的把手。

「你們感情不好？」

「我們感情很好。因為只差一歲，大家常說我們看起來像雙胞胎。」

「有貓咪。」

「啊，這是布偶，是曾外婆送我的生日禮物。」

「訓訓也要禮物。」

「為什麼？」

「嗯～因為生日。」

「訓訓的生日還沒到吧？」

媽媽用力闔上相簿，像是要中斷對話。

「我要腳踏車。」

「為什麼？又不是生日。」

媽媽抱起剛滿六個月的未來，彷彿要逃跑般迅速下床。真是的，動不動就說要買東西……媽媽無奈地走下樓梯。

「啊……」

客廳被展開的鐵路玩具占據，幾乎沒有踏腳的地方。

「搞什麼啊，真是的。」

她啞口無言地環顧四周，跳過軌道，心中產生不祥的預感。走下階梯來到餐廳，一如預期，餐桌底下也擺著組合到一半的軌道。

「唉，真是的，我剛剛才打掃過……」

她感到輕微暈眩，回到客廳。

在那裡等候她的訓訓拿起E353系超級梓號給她看。

「腳踏車要這個顏色。」

「外婆要來了，把這邊整理乾淨。」

媽媽把未來放在嬰兒搖椅上，盯著訓訓拜託他，但他仍舊指著紫色的車身，嘰哩咕嚕地說要這個顏色。媽媽刻意放大聲量說：

「訓訓，拜託！」

「我要跟爸爸一起整理。」

「他今天去工作，不在家。」

「那就沒辦法。」

為什麼會這樣？媽媽手扠腰說：

「不整理的話，我就全部丟掉囉？」

「……不要！」

訓訓頑固地搖頭。

唉。這麼不懂得珍惜玩具，早知道就不買給他了。

「那我以後什麼都不買給你了。」

「不要～！」

訓訓焦躁地用力搖頭，原地蹦蹦跳又跺腳。

「那就整理乾淨。」

「不要～嗚哇啊啊啊啊啊啊！」

他一副絕望到無法站立的模樣，趴在地板上邊哭邊扭屁股表達懊惱。

糟糕，不小心說得太過分了……

媽媽露出痛苦的表情閉上眼睛，內心後悔。

（唉，又罵他了……）

這不知道是第幾次心生後悔。她想要平心靜氣、溫柔地對待小孩，在現實中卻幾乎總是無法如願。她想要當個好媽媽，但從來沒有成功。

這時訓訓突然爬起來說：

「訓訓不喜歡未來！」

他舉起先前的電車想要打下去，但媽媽及早察覺，迅速抱起未來。

「不可以打她！不是叫你要跟妹妹好好相處嗎？」

叮咚，門鈴響起。

「真是的，外婆都來了。」

媽媽把訓訓留在客廳，快步走下階梯。興奮的小悠在餐廳汪汪叫個不停。媽媽穿上涼鞋，走過雨後的庭院，先到兒童房把未來輕輕放在嬰兒搖床中。

「妳等一下，我馬上回來。」

門鈴再度像催促般響起。

「來了來了。」

媽媽小跑步下了階梯來到玄關。

媽媽走後，訓訓有好一陣子露出銳利的眼神鼓起臉頰，嘴唇噘得像鳥喙。好過分。竟然說要丟掉玩具，以後要怎麼玩？小孩子如果不玩耍，就不是小孩子了。還說「什麼都不買給你」，怎麼可以說這麼殘忍的話？

訓訓越想越氣，從肚子裡升起怒火。

「……討厭！」

他試著吼叫，但怒火仍無法平息。該怎麼辦？他四處張望，看到沙發上裝滿軌道的玩具箱。剛剛好。他用雙手把玩具箱推翻，把裡面的東西撒落一地。然後，他丟開這個箱子，轉向反方向，看到矮桌上也有玩具箱，便憑著蠻力把它翻落到地上，接著又邊搖晃邊拿起箱子，把裡面的東西全都倒出來。

「討厭！」

他丟開箱子後，蹲在撒滿玩具的地上，粗暴地拉出塗鴉本，憑著怒火握住蠟筆，在雪白的圖畫紙上用力塗抹。為了宣洩心中的情感，上半身越來越往前傾，最後一氣呵成地畫完，便用力把蠟筆敲在圖畫紙上，像是畫上句點。

圖中的媽媽頭上長角，變成鬼婆婆。

「鬼婆婆！媽媽是鬼婆婆！」

即使如此，他的怒火仍舊沒有平息。

「訓訓不喜歡媽媽！」

他大步向前走，憤怒地用力打開門，附在玻璃門上的雨滴順勢灑出去。他一階一階踩著走下階梯，進入雨後的中庭。

這時——

咕嚕咕嚕咕嚕……

他聽見冒泡泡的聲音。

「……嗯？」

訓訓突然感覺到空氣變得冰涼，停下腳步望向聲音傳來的方向。結果，黑櫟樹後方的景色讓他頓時屏住呼吸。

綠油油的草原宛如大陸上的大平原般一望無際，拓展到地平線彼端。草原上的幾座山巒，猶若岩石砌成的巨大餐桌，露出粗獷的斷崖矗立著。大自然完美的絕景中，沒有任何多餘的東西。然而，雖然是絕景，眼前的自然景觀卻讓人感覺不太自然。為什麼會有這種感覺？訓訓為了尋找原因而仰望天空。

上空浮現巨大漣漪，並以非常緩慢的速度擴散。

「……」

為什麼會有這種東西？訓訓睜大眼睛仰望上空。腳邊的草以和漣漪擴散同樣的節奏搖曳，宛若波浪。

又來到奇怪的地方……

這時他聽到聲音：

「怎麼可以說不喜歡媽媽！」

他很清楚地記得這個聲音。

「……未來的未來？」

未來的未來站在黑櫟樹旁邊。她穿著及膝的黃色長靴，身上披著螢光色的萊姆綠雨衣，袖子長到遮住手，看起來像斗篷的造型，非常可愛。訓訓心想，很有未來的特色。

「還有，哥哥，你剛剛又想拿新幹線打我吧？」

她又帶著怒氣。這點也很有未來的特色。訓訓用力搖頭否認：

「那才不是新幹線。」

「新幹線不是拿來打人的。」

「是超級梓號。」

「都一樣！」

未來板起臉孔揮揮長袖子，像平常一樣嘆一口氣。隔著樹站立的兩人之間，不知何時出現紅藍花紋的小型熱帶魚——霓虹脂鯉，像吊掛裝飾般無聲地飄浮。

「你為什麼不能好好對待媽媽？」

「就是不能。」

「她偶爾才放假，你這麼壞心眼地對待她，她不是很可憐嗎？」

「……」

訓訓想說自己才不是壞心眼，卻沒有說出口，只是低頭沉默不語。他不能好好對待媽媽，是因為媽媽不愛他。他希望得到愛，為什麼得不到？為什麼？為什麼？為什麼……

「……哥哥，你怎麼了？」

「……訓訓不可愛。」

「什麼？」

「……未來、小悠都很可愛……可是訓訓不可愛……」

悲傷在訓訓心中不斷膨脹，淚水撲簌簌地掉下來。他用手擦淚，但不管怎麼擦，淚水都不斷湧出。

另一方面，未來則露出慌亂的表情僵住了。

「呃……這……」

她說不出話，不過還是快步接近訓訓，慌張地安慰他。

「沒、沒這回事，哥哥很可愛！」

訓訓連連吸鼻涕，背對她說：

「沒有，不可愛。」

「很可愛呀。所以……啊！」

「嗚哇啊啊啊啊！」

訓訓甩開未來的手，盲目地往前衝。

「等等，哥哥！」

受到驚嚇的熱帶魚群同時改變方向，朝著未來前進。

「哇！」

她不禁用雨衣的袖子遮住臉。

「哥哥！哥哥……」

不論未來怎麼呼喚，訓訓都不回頭。

「嗚哇啊啊啊啊……」

訓訓掙扎著跑在不知何時逐漸增加的熱帶魚群中。他因為太過悲傷，沒有餘力察覺這個奇妙的狀況。成群游泳的熱帶魚形成隧道般的洞，似乎要把他引導到某處。波浪緩緩劃著螺旋，變成更大的螺旋當中的一部分，而更大的螺旋又是另一個更大螺旋的一部分，然後又有另一個……就這樣，彼此相似的螺旋形成無限連鎖。最後，在引導的路徑前方出現一絲光線。這道刺眼的光逐漸接近。那是出口嗎？是連鎖的終點嗎？接著，彷彿撞到海面般，眼前突然充斥著泡沫，然後爆裂為白色——

眼淚

訓訓順勢以頭朝下的姿勢滑落。路上淺淺的水窪濺起巨大水花，形成無數漣漪。

「唔唔……」

訓訓發出呻吟，抬起趴在地上的身體，一屁股坐在地上，甩動濕濕的頭揮落水滴，這麼一來又產生新的漣漪。

「咦？奇怪……」

訓訓發現不對勁，驚訝地環顧四周。

這裡是陌生的街道雨後的小巷子，路寬僅容兩輛車勉強雙向通行，兩旁是掛著「酒」、「香菸」、「西服」、「鹽」等招牌的個人商店。停在路邊的汽車車燈形狀是圓形或四方形，自動販賣機屬於沒有聽過的飲料廠商。貼著「印一張照片二十圓」的店家，不知為何不是相機店而是藥局。這裡怎麼看都不是現代，卻又不是古老的年代。屋簷下的陰影彷彿象徵著不新不舊的年代，和濕漉漉地反射天空白色光芒的柏油路形成對比。

「……這裡是哪裡？」

他站起來，自言自語般詢問。某處傳來水滴滴落的聲音，彷彿在回答他的問題。

訓訓轉向聲音傳來的方向。

「……咦？」

眼前是一棟棟瓦片屋頂的木造老房子。老式理髮店門口擺著盆栽，一把紅傘倚靠電線桿立著。

在那後方，有個彎腰蹲著的長髮女孩背影。

「……嗚嗚……嗚嗚……」

女孩似乎在哭，以手背貼著眼睛，孤單無助地顫抖著肩膀。

「……嗚嗚……嗚嗚……」

她比訓訓稍微年長，大概是小學一年級。訓訓悄悄接近她，窺探她的臉。

「……妳為什麼難過？」

女孩沒有回答。

「……嗚嗚……」

訓訓想了一會兒後，把手掌放在她頭上，像母親對待小孩般撫摸她的頭。

「不要哭。」

女孩放下摀住臉的手，緩緩抬起頭，用濕潤的眼睛看著訓訓。

「……謝謝你，你真體貼。」

「啊……」

這張臉和相簿中看到的媽媽小時候一模一樣。

女孩眨眨眼微笑，繼續說：

「不過我不是真的在哭。」

她用拿著鉛筆的手稍微展示膝蓋上的紙條。上面以歪斜的文字寫了一些內容。

「我想說，寫信的時候要投入感情比較好。」

她發出呵呵的笑聲，聳聳肩吐出舌頭。

原來如此。這麼說，剛剛她是在假哭。訓訓大吃一驚，感覺好像被擺了一道。

女孩拖著紅傘，走在雨後的道路上。

她穿著白色圓領的紫藍色連身裙，或許是手縫的。訓訓跟在女孩後方，盯著她白色的長靴。靴子表面沾了濕濕的松葉，不知是什麼時候沾上的……他茫然地想著這些問題時，女孩停在一棟大房子門口。

門牌上寫著「池田醫院」。

女孩告訴他這裡是「池田醫院」，訓訓覺得好像聽過這個名字。庭院裡種著精心照顧的優美松樹，建築連結了傳統的純日式主屋，與和洋折衷的「醫院」區。女孩說，這棟建築是在昭和初年「改建」的。

她打開裝飾精緻的玻璃門，窺探玄關。從入口到玄關，地面鋪著外國製的磁磚。室內瀰漫著醫院特有的消毒水氣味。古典的窗口毛玻璃上有「掛號」與「領藥」的文字，然而沒有人在。上午的診療時間結束了，現在或許是休息時間。

一雙高雅的女用皮鞋整齊地擺放在玄關角落。

女孩以若有所思的表情盯著這雙鞋子。

「……」

接著，她從口袋拿出那封信，瞥了一眼確認內容，然後迅速折起來，將信悄悄放入女鞋中。

女孩拖著紅傘，走過大型味噌倉庫旁邊。

訓訓朝她的背影問：

「妳寫了什麼？」

女孩沒有回頭，朝著前方回答：

「『外婆：我想要養貓，請妳答應。』」

「貓？」

「我很容易受到動物喜歡，跟任何動物都能立刻成為好朋友，可是外婆對動物過敏，一直不肯答應養寵物，還說要養就養在外頭。哪有人養在外頭的？所以在她答應前，我要持續寫幾十封信。直到外婆答應為止，我都不會放棄。」

訓訓呆呆地聽她如此執拗的堅持。女孩說話的口吻像是在鼓舞自己，使他沒有插嘴的餘地。

這一帶是以前的大街，有設置千本格子(註5)、入口與屋脊平行的傳統民宅，也有常春藤蔓生的土牆倉房、門口掛著杉葉球的製酒廠等歷史悠久的商家。在後巷的倉庫，他們發現小貓縮著身體，躲在堆高機的棧板縫隙間。被雨淋濕的小貓看到他們，微微抖動著眼睛，發出警戒的嗚嗚聲。

女孩把傘交給訓訓，蹲下來伸出手。

「乖，過來，不用怕。」

她搖動手指引誘小貓。

「嗚嗚嗚嗚……」

小貓變得更加警戒。

「不用怕。我們來當朋友吧？」

「嗚嗚嗚嗚嗚……」

小貓發出更激烈的低吼聲。受到這樣的威嚇，女孩卻毫不猶豫地伸出手，讓訓訓不得不佩服她的膽量。不愧是受到動物喜歡的人，果然不一樣……他才剛剛想到這裡，小貓便發出「哈～」的呼氣聲，伸出爪子攻擊。女孩叫了聲「哇」，在千鈞一髮之際縮回手。

兩人無言地目送小貓離開。

「……」

註5：縱向間隔很細的木格子，可做為柵欄、門窗、屏風等，常見於店家門口。

女孩在堆起的棧板前一動也不動。訓訓不知道該說什麼，因此沒有說話。過了好一陣子，女孩輕巧地站起來，若無其事地改變話題。

「……你有兄弟姊妹嗎？」

他們路過小學操場，操場上處處積了水窪，映照著樹木倒影。女孩說要走捷徑，踩著水窪穿越操場，訓訓也跟在她後方。

他回答，有兄弟姊妹。

「哪一個？」

「妹妹。」

「我有弟弟。他功課沒有我好，而且身體很虛弱，又很愛哭。所以跟弟弟比起來，媽媽比較喜歡我。即使外婆不肯同意，媽媽一定也會讓我養貓。真高興我弟是個愛哭鬼……」

訓訓茫然看著女孩的背影聽她說話，女孩突然停下腳步回頭。

「到了。」

「……？」

訓訓沒有問「到哪裡」，而是抬起頭，看到屋簷下有燕子築巢。巢裡有幾隻緊挨著彼此的雛鳥。

女孩踮起腳尖插入鑰匙，打開玄關的玻璃門。

她脫下長靴後，沒有擺整齊就進入屋裡。她的意思大概是可以進去吧？訓訓探頭窺看玄關，看到裡面鋪著高雅的地毯，植物盆栽放置在地板上，室內整理得很乾淨，處處擺著書櫃。往正面看去，有一座小小的水槽。訓訓看到水槽不禁喊：

「啊。」

只有一種水草和一種石頭構成的簡單設計，正是他先前看到的大草原和岩山風景。他剛剛還在那裡吹著風、仰望山巒。那個場景收進了只有雙臂張開大小的水槽裡。這到底是怎麼回事？他呆呆望著在水槽裡優游的熱帶魚。

喀啦喀啦喀啦。

他聽到很大的聲音，立刻被拉回現實。

靠近外廊的和室紙門是打開的，他窺探裡面，看到榻榻米上散落著玩具。

「……啊。」

「你可以玩我弟的玩具。」

女孩把玩具箱放在矮桌上，又拿來壁龕旁的另一個玩具箱，豪邁地把裡面的東西倒在訓訓面前。樂高、迷你車、積木、娃娃……玩具多到玩不完。她或許是在招待訓訓，不過弄得這麼亂，訓訓不免擔心她待會兒整理會很麻煩，於是問她：

「這樣會被罵吧？」

女孩聳聳肩說：

「弄亂比較好玩啊。」

她揚起嘴角，露出無畏的笑容。這是典型「壞孩子」的表情。

訓訓緩緩抬起頭，反芻著剛剛這句話。弄亂比較好玩……好玩……好玩……

「……沒錯！」

訓訓露出嚴肅的表情感嘆地說道。這個說法讓他拍膝叫好。女孩站在壁龕掛軸「無為」兩字的前方對他微笑。

「你肚子餓不餓？」

她走出和室。

訓訓跟著她來到廚房。廚房裡有瓦斯爐、瓦斯煮飯鍋、瓦斯暖爐……不知為何都是瓦斯器具。桌腳在中央的圓形餐桌上擺著報紙，頭版標題是「戈巴契夫總統，促成東西德統一」。

他聽到「沙沙」的聲音，因為女孩在椅子上把餅乾盒倒過來，將點心撒滿整張圓桌。接著她把盒子丟開，拿起 Bourbon 白巧克力牛奶風味餅乾，打開包裝說：

「你也吃吧。」

訓訓擔心地問：「不會被罵嗎？」

女孩停下正要把餅乾放入嘴裡的手，又露出壞孩子的表情，得意地笑說：

「弄亂比較好吃啊。」

訓訓啞口無言地看著女孩吃餅乾。她竟然說出這麼大膽的話。真的是這樣嗎？他模仿女孩拿起餅乾，撕開包裝，用門牙咬了一小口，接著再咬一口。他用臼齒咀嚼，品嘗味道，然後抬起頭，露出嚴肅的表情感嘆地說：

「……好吃！」

完全不一樣。和過去規規矩矩享用的點心完全不一樣。

女孩一臉滿意的模樣站在椅子上。

「沒錯吧？」

訓訓也緊靠著餐桌。

「好吃！」

「好吃！」

「好好吃！」

「哈哈哈哈哈！」

兩人異口同聲地喊，交互把體重壓向桌面，擺動圓桌玩翹翹板。餅乾紛紛散落到地上。女孩發出尖銳的叫聲，從椅子跳下來，像猴子般奔跑。

「哈哈哈哈哈！」

訓訓也發出笑聲一起奔跑。兩人穿過放著罐頭和一升酒瓶的狹窄走廊，撞上洗手間半開的門。女孩說：

「像這樣呢？」

她把堆疊在走廊書櫃裡的文庫本一一丟到地上。訓訓也模仿她，把書丟到地上。

兩人不斷從書櫃抽出文庫本亂丟。

「太好玩了！哈哈哈哈！」

接著女孩又問：

「像這樣呢？」

她跳向曬在外廊的衣物，用力扯下襯衫。

「欸！」

曬衣夾發出聲音彈開。

「欸！」

訓訓也學她拉扯，內衣隨著衣架一起掉下來。

兩人一次又一次跳躍，衣服紛紛掉落到他們腳邊。

「哈哈哈哈哈。」

他們樂到停不下來。

女孩滿面笑容發出怪聲：

「咿嘻嘻嘻嘻！」

訓訓也發出怪聲：

「欸嘿嘿嘿嘿！」

兩人都玩瘋了，高聲尖叫並四處奔跑，盡情做想做的事。他們踢翻玄關的盆栽，把桐木五斗櫃的抽屜全部拉開，並且讓冰箱的門開著。

客廳電視機旁邊堆放著ＶＨＳ錄影帶。訓訓是第一次看到這種細長盒狀的東西。

側面的貼紙上寫著工整的手寫小字。這是什麼?要怎麼使用?還有,電視機的形狀也很奇怪,簡直像四方形的箱子,厚度非比尋常,裡面不知道放了什麼?訓訓轉向旁邊,看到女孩把疊起來的錄影帶小山丘一口氣推倒,發出高亢的笑聲。

「哈哈哈哈哈。」

訓訓也發出笑聲。他笑到眼淚都要流出來。兩人爬到矮桌上,笑得喘不過氣。

「哈哈哈哈哈。」

就在這時候,突然聽見轉動鑰匙的「喀嚓喀嚓」聲。

兩人嚇一跳,轉向聲音來源。

隔著玻璃可以看到有人正在打開大門。

「是媽媽……」

女孩把手貼在蒼白的臉頰上,原本拿在手上的錄影帶掉在矮桌上。恢復冷靜環顧四周,只見客廳一片狼藉,簡直像遇上暴風雨般淒慘。

「怎麼辦?會被罵……」

女孩拉著訓訓的手,打開廚房的後門,把他和鞋子一起推到外面。

「回去吧!」

「啊！」

訓訓來不及說話，後門就重重關上了。

幽暗的烏雲遮蔽天空。雨滴一顆接一顆落在柏油路上的水窪裡，激起漣漪。路邊的草不安穩地晃動。

訓訓困惑地抬頭看鋁門，輕輕把耳朵貼到門上。

「真不敢相信！怎麼會弄得這麼亂！」

屋裡突然傳來怒吼聲，讓他縮起身體。這是女孩媽媽的聲音。接著，他聽到女孩悲痛的哭聲：「嗚哇～」

「氣死我了！我要把妳的玩具都丟掉！」

怒吼聲強烈到門上的玻璃都在震動。

「嗚哇啊～媽媽，對不起～」

雨勢變大，水窪濺起了水花，雜草瘋狂地搖晃。

「我不會再買點心給妳了！」

「對不起！媽媽對不起啦～！」

訓訓突然感到害怕。這種恐懼就像過去堆積的東西在一瞬間崩落。他無法忍受繼續聽女孩痛切的哀求聲，不禁摀住耳朵，像逃離現場般跑進大雨中。

小學的樹木像在跳舞般大幅搖晃。訓訓在浸水的操場上跌倒，濺起盛大的水花。他發出「唔唔」的呻吟，全身衣服因為濕透而沉重。他搖搖晃晃站起來，卯足力氣再度奔跑。他想要及早逃離這場惡夢。

訓訓離開後，雨下得越來越大。簡直像整個世界都要泡在水中。彷彿在宣告他無路可逃。

訓訓不知何時回到昏暗的臥室，睡在床上。

媽媽以溫柔的眼神俯視他的睡臉。

外婆從樓梯下方小聲問：

「要不要吃飯？」

「他沒有醒來。」

訓訓白天活動過度而太累的時候，到了傍晚有時會很早就睡著。這種時候，媽媽不會勉強叫他起床，而是讓他繼續睡，通常就會一覺睡到天亮。媽媽姑且有來看看情況，不過訓訓完全沒有醒來的跡象。即使幫他換上睡衣，他也沒有醒來，不知道正在作什麼夢。

「訓訓是我的寶貝。」

媽媽親吻他的睡臉，悄悄離開，避免吵醒他。

外婆說：「這是我以前的台詞吧？」

「現在是我的台詞。」

「呵呵呵～」

媽媽夾起外婆在車站大樓買的配菜。餐後的點心是色彩繽紛鮮豔的果凍蛋糕。切下訓訓和爸爸的份之後，剩下的蛋糕由兩人均分。

媽媽趁外婆抱著睡著的未來時，用湯匙挖起果凍送入嘴裡。味道一如外觀般色彩繽紛。

「最後還是沒有得到養貓的許可，害我好傷心。」

「可憐妳了。」

「我以為我絕對比葉一受寵，沒想到棘手的孩子更能得到父母親喜愛。」

「妳也是很棘手的孩子啊，既頑固又麻煩。我記得自己當時都在怒吼。」

「我忘了。」

「妳總是弄得亂七八糟。」

「因為我是在結婚之後才學會整理。」

「真受不了妳。」

兩人一起笑了。

接著媽媽抬起頭，彷彿看著遠方，以訴說內心話的語調自言自語般地說：

「我想要邊工作邊盡力照顧孩子，卻發現自己老是在發脾氣。我很不安，這樣的母親沒問題嗎？」

她的內心老是在搖擺。身為孩子們的母親，她沒有一天不去想：這樣真的沒問題嗎？繼續工作是否正確？是否應該選擇專心照顧孩子的生活？除了這樣的大問題，還有像先前那樣，懷疑自己是否該生氣的小問題。每次遇到選項，就會想要停下來，但是她只能在沒有想出答案的情況下繼續前進。在這當中，只有一件事是真實的，那就是——

「我只希望能讓他們更幸福。」

「知道這一點就行了。扶養小孩的時候，『願望』是很重要的。」

外婆摸著睡著的未來的頭髮這麼說。

媽媽低下頭，仔細咀嚼這句話。

「……願望啊。」

「……嗯？」

訓訓在半夜突然醒來。

媽媽在未來旁邊疲倦地睡著了。訓訓睡眼惺忪地起身，看到媽媽眼睛凹陷的地方積著淚水。

「……」

媽媽的淚水讓訓訓聯想到那個女孩的眼淚。在那之後，她的玩具有沒有免於被丟棄呢？她媽媽還會買點心給她嗎？還有，貓咪怎麼了？

媽媽什麼都沒有回答，睡得很熟。

訓訓把手放在媽媽頭上，像當時對待那個女孩般，溫柔地用手掌摸頭。

「乖。」

練習

梅雨季節過後，夏季的天空晴朗無雲。

訓訓和爸爸開著 Volvo 240 前往公園。沿著國道十六號往中區方向走，有一座名叫根岸森林公園的大型公園。爸爸把車停在停車場，從行李架拿下嶄新的兒童用附輔助輪腳踏車。訓訓立刻戴上安全帽，跨坐在腳踏車上，使勁踩著踏板，輕快地行駛在停車場的柏油路上。輔助輪發出「嘎嘎」的嘈雜聲音。

「真是好方法。竟然能想到寫信放在媽媽的鞋子裡。你從哪裡學來的？」

爸爸走在興高采烈騎腳踏車的訓訓旁邊，羨慕地仰望天空說：

「爸爸也來試試看好了……」

「啊～」

背帶中的未來發出呼喚聲。她已經超過七個月大了。

「好好好，未來。」

爸爸低下頭，用帽緣遮住臉，努力扮鬼臉。

「看不到看不到～～啪！」

未來沒有笑，只是呆呆看著他。

媽媽曾經高興地說，未來在三個月大之後變得很愛笑，然而未來還沒有對爸爸展露最燦爛的笑容。明明是待在家裡的自己花更多時間照顧她，但未來即使對他笑，也只是稍微笑一下，當媽媽回來時卻滿臉笑容。為什麼？果然還是不敵母乳的力量嗎？沒有母乳這項武器的自己，只能繼續努力嗎？

爸爸再度低頭，盡可能做出可笑的臉孔。

「唔～～啪！」

未來沒有笑，只是詫異地看著爸爸。

爸爸調查並研究過扮鬼臉的有效方法：一，先藉由視線接觸，讓對方認知到自己正常狀態的臉孔；二，遮住臉的時間不宜太長或太短，應該適中；三，盡可能扭曲臉孔，和正常臉孔的差異越大，小寶寶就會笑得越開心……

爸爸第三次低頭，卯足渾身力量，伸出下巴翻白眼。

「唔～～啪！」

未來沒有笑，只是興致盎然地看著他。

爸爸失望地垂下肩膀，無力地喃喃自語：

「……根本就不肯笑嘛。」

根岸森林公園過去是日本首度舉辦西式賽馬的根岸賽馬場，二戰結束後由美軍接管，解除接管後則由市政府整頓為公園。公園裡保留昔日風貌的只有一九二九年建造，稱之為「一等馬見所」的七層樓高觀眾席。但此處現在覆蓋著茂密的常春藤，幾乎化為廢墟。

在「一等馬見所」旁邊，有一座小小的圓形廣場。爸爸和訓訓是為了在這裡騎腳踏車而來的。訓訓之前只騎過三輪車，為了習慣腳踏車，必須找一處平坦寬闊的場地練習。爸爸在網路上搜尋可以練習的地方，結果找到這裡。

草地上有許多小孩子在玩球或跳繩，發出快樂的嬉笑聲。老年人牽著狗悠閒地散步，穿著運動服的中年外國婦女在長椅上翻閱雜誌。爸爸在隔壁的長椅解開未來的嬰兒背帶，改讓她坐進嬰兒車。

「……」

這時，訓訓跨坐在附輔助輪的腳踏車上，完全沒前進。

幾個和他年齡相仿的小孩活力十足地騎著腳踏車。

訓訓一動也不動，只是望著那些騎車的小孩。

這些小孩騎的腳踏車後輪上沒有輔助輪。

訓訓突然回頭看自己跨坐的腳踏車。

他的腳踏車後輪上，有輔助輪。

訓訓再次望向前方的小孩。

他們騎的車沒輔助輪。

看自己左右兩邊。

車有輔助輪。

輔助輪。

「什麼？你真的要拿掉輔助輪？」

爸爸站起來驚愕地問。

訓訓轉身，以嚴肅的眼神深深點頭。

「嗯。」

「現在？」

「嗯。」

「你要練到可以騎？」

「嗯。」

「……真的是認真的？」

「嗯。」

爸爸前往停車場，拿著車上的工具箱回來。他用活動扳手轉動六角螺絲，便輕易地拆下輔助輪。

訓訓讓爸爸扶著腳踏車後方，雙手握住把手抬起腳。然而──

「唔……唔……唔……唔……」

跨坐上去時，他的腳一直卡到座椅。因為腳太短了。

「唔唔……」

終於坐上去了，雙腳微妙地踮著。接下來要怎麼讓腳踏車前進？嗯～不知道。腳呢？要怎麼辦？嗯～不知道。

爸爸似乎看不下去了，忍不住呼喚：

「……訓訓。」

「教我。」

「呃～」

爸爸抓起訓訓的腳，放在踏板上。

「把腳放在踏板上，用力踩就會前進……」

訓訓依照爸爸說的踩踏板，腳踏車便猛然前進，讓他幾乎抓不住把手。於此同時，前輪不斷搖晃，無法保持平衡。

「啊啊！」

訓訓立刻跌倒了。

爸爸說，想學會騎車就得練習。

如果從小就玩滑步車，改騎腳踏車時似乎能很快學會。爸爸也聽過這種說法，所以曾建議訓訓玩滑步車，但訓訓對滑步車沒什麼興趣，一直在騎三輪車。

現在如果想學會騎腳踏車，就得承受某種程度的煎熬。爸爸鼓勵訓訓說，他小時候也學得很辛苦，最後還是努力學會騎腳踏車了。

爸爸請坐在長椅上的女士暫時幫忙照看未來，女士很爽快地答應。

未來從嬰兒車朝廣場中央的訓訓及爸爸發出「啊～」的聲音。

「沒問題的。」女士溫柔地對未來微笑。

爸爸支撐著訓訓的背部說：

「那就出發吧！」

然而，訓訓的腳畏縮地無法動彈。

「好可怕。」

「我會扶著你。」

「……」

他總算踩下踏板，像剛學走路的小孩子般前進。

「喔，前進了，很好很好。」

然而訓訓幾乎完全依賴支撐，沒有自己踩動踏板。前輪立刻開始搖晃，接著腳踏車倒下來。爸爸也被牽連，頭摔在地上，不過他立刻站起來擔心地問：

「痛不痛？」

「好痛～」

訓訓抱怨。爸爸笑咪咪地說：「再來一次吧。」

爸爸再度支撐訓訓的背部，一起奔跑。

「右左、右左。」

「啊！」

吆喝聲和踩踏板的時機沒有配合好，兩人糾纏在一起跌倒了。訓訓哭出來，說著：「不想騎了，好可怕。」但爸爸笑咪咪地說：「再來一次，更使勁地踩踏板就行了，來吧。」

訓訓第三次依照爸爸的指示，自認已經很使勁在踩踏板。

「右左。」

「啊！」

然而前輪不論如何都會搖晃，最後便倒下來。訓訓用眼神表達「不行了」，但爸爸只是朝著他擺出笑臉。

前輪第四度搖晃。

「啊！」

腳踏車轉眼間就倒下。

滿身泥巴的訓訓終於忍不住抱住爸爸。

「腳踏車好可怕～」

「別哭別哭。」

同樣滿身泥巴的爸爸摸著訓訓的背安慰他，但訓訓仍繼續哭。

「好可怕～」

「唉。」

爸爸仰天嘆息的時候，聽到「鈴鈴」的腳踏車鈴聲。

「嗯？」

騎腳踏車的男生們一一停在他們面前。這些活潑的孩子剛剛還在遠處玩耍，近看才發現他們比原先想像的稍微年長。

「你第一次騎腳踏車嗎？」

「你在練習嗎？」

「要不要教你？」

「很簡單喔。」

他們以孩童特有的親切態度紛紛開口。訓訓不知該如何回應，面對他們的提議感到困惑而無法回答。

這時，聽見未來「嗚哇啊啊」的哭聲。爸爸往那邊望了一眼，想了想，然後看著訓訓說：

「要不要讓哥哥們教你？」

「……」

訓訓沒有回答，只是看著爸爸。讓不認識的小孩教導令他不安，而且他更想和爸爸一起練習。他想這麼說，但是在說出口前，又聽到更激烈的哭聲。爸爸像是被哭聲牽引般站起來。

「爸爸……」

訓訓想要攔住爸爸，但爸爸頭也不回地走了。爸爸小跑步趕回去，那名女士以無助的表情迎向他說：

「她突然哭出來了。」

「啊，真抱歉。」

爸爸一再低頭道歉。

訓訓必須獨自抬起倒在地上的腳踏車。之前都是爸爸幫他抬起來，等到他自己抬起來時，才發現腳踏車很重，讓他立刻感到挫折。

其中一個男生說：「你要先踢地面。」他做出雙腳走路的動作。

「往前試試看。」另一個男生則示範抬起雙腳前進。「往前衝之後抬起腳。」

他們七嘴八舌地指導完，對訓訓說：

「那我們去前面等你。」

然後，他們就輕鬆地騎著腳踏車離去。訓訓跨上勉強抬起來的腳踏車，在困惑中孤伶伶地留下來。男孩們說得輕鬆，他卻無法前進，只能不知所措地望向長椅。

「……」

爸爸從嬰兒車抱起未來，口中說著「乖、乖」。女士瞇起眼睛看著未來說「真可愛」。

訓訓不安地呢喃：

「爸爸……」

他的聲音很小，不可能被聽到。他以求助的聲音說：

「爸爸～……」

但是爸爸正在和那名女士交談，沒有發覺。

訓訓一直看著爸爸的方向。

「爸爸……」

那些男生回來看他的情況。

「咦？怎麼了？」

「發生什麼事？」

他們看到訓訓眼中湧出大顆淚珠，不禁面面相覷。

「好像在哭耶？」

「什麼？不會吧？」

「為什麼？」

孩子們用高亢的聲音詢問。

訓訓一直盯著爸爸，大顆淚水不斷沿著臉頰掉落到草地上。在一群小孩環繞中，他感到非常孤獨，最後忍不住大聲吼叫：

「爸爸～～～！」

「嗚哇啊啊啊啊！」

回家後，訓訓仍舊揮舞著雙手哭鬧。他連安全帽都沒有脫下，臉上一把眼淚、一把鼻涕，發出刺耳的叫聲不停搥打爸爸。

「討厭！訓訓不喜歡爸爸！」

「哇，好痛……」

爸爸被打也只能乖乖承受。媽媽正在給未來看舊相簿，偶爾會以困窘的表情抬頭看父子兩人的狀況。爸爸顯得更加為難，對遲遲無法停止哭泣的訓訓說：

「對不起。下次再去騎吧？」

「不騎腳踏車了！」

「怎麼這樣？凡事都有第一次啊。」

「凡事都沒有！討厭！」

「啊。」

訓訓甩開爸爸，走出兒童房。

爸爸嘆氣望向媽媽。

「……唉。」

媽媽像在回答他，也嘆了一口氣：

「……唉。」

「啊唔～」

未來把手放在相簿上，像是在指什麼。

「嗯？」

媽媽探頭去看。未來好像在問「這是誰」。她現在可以很自然地坐起來。

「這是曾外公。」

相簿中有去年過世的曾外公照片。媽媽懷念地看著曾外公溫和的笑臉。這是大約十年前的照片，他當時八十歲出頭，跨坐在大型機車上，拍照地點是以前朋友的公司。媽媽記得曾外公有些靦腆地說，那是受到開發團隊邀請，不得已才合照的……

青年

訓訓衝到中庭。夏季的陽光很刺眼。

他想要脫掉安全帽，卻很難解開下巴的帶子。

「唔、唔唔、唔唔唔！」

他憑著蠻力總算脫下來，焦躁地把安全帽丟開。

「訓訓不喜歡爸爸！」

安全帽碰到黑櫟樹的樹根彈起來，在空中翻轉。

「嗯？」

紅色安全帽在轉動中，宛若施了魔法般，變化為舊式的皮革飛行帽。

「咦……？」

訓訓忍不住湊過去。這時——

啪啦啪啦啪啦。

四周突然颳起強風，並出現讓人無法直視的強光，以及刺耳的引擎聲。由於風壓太大，訓訓不禁往後仰。他的頭髮被吹亂，臉頰上的肌肉在顫動，身體大幅左右搖擺。他瞇起眼睛，看到星形引擎和高速旋轉的螺旋槳，強風似乎就是由此而生。黑櫟樹彷彿遇上颱風般劇烈搖擺，訓訓被風壓逼得後退。宛如在空中亂飛的樹葉，訓訓好像也快被吹走了。

到底發生什麼事？

他才剛產生疑問，風就戛然而止。

「咳！咳！咳……」

他差點喘不過氣來。空氣中瀰漫著灰塵、機油和蚊香混合的氣味。

他張開眼睛，看到眼前是類似工廠的昏暗場所。不知是材料還是廢料的物體堆積在角落，木牆處處都有縫隙透進光線，煙霧在帶狀光線中飄蕩，形成漩渦。

又來到奇怪的地方……

這時──

「……嗯？」

訓訓發現和材料放在一起、散發特殊存在感的物體──放射狀排列的七個汽缸前後相疊，一共有十四個氣筒，顯然是飛機用的往復式引擎。訓訓心想，這東西就跟先前瞇起眼睛看到的星形引擎一樣。然而眼前的這個引擎蓋著布，靜靜地固定在台上，沒有螺旋槳，也沒有活動的跡象。那麼，剛剛那個產生強風的引擎跑去哪裡？

噗噗噗噗噗噗……

此刻傳來的引擎聲和剛剛的不同，微弱許多。訓訓回頭尋找聲音來源。周遭擺放著與小工廠不相稱的大型機械，似乎是從別處搬來的。另外還看到吊床、蚊香的煙、長椅上的一顆桃子。

平台上放了組裝到一半的機車。沒有塗漆與外殼、焊接痕跡還很明顯的衍架結構框架上，裝了左右配置汽缸蓋的既成引擎。聲音無疑是從這裡發出來的。油箱還沒裝上去，裝在瓶中的汽油像點滴般吊起來。

這時訓訓總算發現，有個人背對他蹲在機車前，正在調整化油器。

訓訓感到緊張，不禁發出小小的叫聲：

「……啊。」

「嗯？」

這個人似乎聽到聲音，緩緩站起來。他身上的無袖上衣沾滿油漬和汗水，褲子上有口袋，靴子看起來穿了很久。個子高高瘦瘦的，脖子上掛著窄版手巾，黑髮撥到後方，一雙眼睛詫異地俯視訓訓。這個人——這名青年開口問：

「……有什麼事嗎？」

「啊哇哇哇。」

訓訓焦急地東張西望，四處尋找可以躲藏的場所。

「你對這個有興趣？」

青年把手擱在組裝到一半的機車上問。他站起來顯得格外高瘦。訓訓忐忑不安地用力搖頭否定。

「沒有。」

「要不要騎看看？」

「不要。」

「不用客氣啦。」

「不要。」

「其實你很想騎吧？」

「不要。」

青年看著他，似乎很失望地垂下肩膀。

「原來你不想騎啊？真遺憾。」

他拖著腳從平台下來。

「凡事都有第一次啊。」

「……凡事？」

訓訓站在原地，重複對方的話反問。青年把身體靠在工廠的大門，把門推開。

「沒錯。不是說，凡事都有第一次嗎？」

他露出笑容，然後把外套掛在肩膀上走出去。

這句話很耳熟。為什麼素不相識的人會說這種話？這個人究竟是誰？還有，這句話以前是在哪裡、聽誰說過？

這座工廠彷彿是隱藏在林間建造的。雨淋板覆蓋的牆上，設置著裸露的水管與電線管。林道是以凹凸不平的厚重水泥鋪成的，彷彿是有人緊急鋪上水泥，然後一切又變得無用而被棄置。

訓訓猶豫了一下，決定跟著青年走。

穿過樹林走上田間道路，就來到懸崖上方。

本牧岬朝著海面突出，從屏風浦的海水浴場依稀傳來小孩子的嬉鬧聲，另外也看得到白旗山的松樹。隔著海隱約可見房總半島。橫濱市電車沿著與海岸線平行的國道，發出叮叮聲往杉田方向前進。沿路上家家戶戶都是瓦片屋頂，其中甚至還有古老的茅草屋頂——古老？這裡的確是訓訓居住的城市，卻沒有訓訓熟悉的風景。這裡看不到根岸線和灣岸線的高架橋，或是填海而成的重工業與化學工業區。眼前看見的是那一切成立之前的景象。

然而訓訓不可能會知道，他只顧著注視走在田間道路前方的青年拖曳的腳步，看樣子青年的腳似乎有問題。青年只有右腳腳尖朝向旁邊，因此走路有些外八字。

訓訓從後方注視良久，然後仰望黝黑的背部說：

「……腳。」

「嗯？」

「腳會痛嗎？」

他很直接地提出疑問。

青年側眼看訓訓，然後說：

「這個啊？這是戰爭的時候搭的船翻了，才變成這樣。」

他的口吻彷彿在說跌倒時擦傷膝蓋一樣。

「不過習慣之後，其實也沒什麼不方便。」

他皺起眉頭，瞇著眼睛遙望海平線。

「……」

訓訓也望著同樣的方向。

但是那裡什麼都沒有，只有飄浮在空中的雲。

沿著田間道路走一陣子，就來到柵欄圍起來的一處廣場。廣場旁邊有一棟鋪木板的雙層建築，青年頭也不回地進入裡面。

訓訓不知該怎麼辦，留在原地猶豫，不確定要不要跟進去。他完全不認識這名青年，卻不知為何受到吸引。為什麼呢？他躊躇了很長一段時間，終於下定決心踏進屋內。

他一走近那棟建築，便聞到獨特的動物氣味。裡面有什麼？他窺探黑暗的門內，不禁叫出來：

「啊……」

一格格的隔間中，有好幾匹馬探出頭，好奇地看著訓訓。這裡是馬廄。青年從裡面呼喚：

「喂，進來吧。」

訓訓戰戰兢兢地觀望左右兩邊的馬。有淺棕色的小馬，也有體型較大的灰色馬，種類似乎不少。從近處看真正的馬，和圖鑑或影片給人的震撼力完全不同。

「……我第一次看到。」

聽訓訓這麼說，青年不敢置信地扭曲臉孔問：

「第一次？」

他大步走向訓訓，在緊張地擺出防禦姿態的訓訓面前猛然蹲下，湊近臉孔確認：

「看到馬？」

「嗯。」

「第一次？」

「嗯。」

「真的？」

「嗯。」

「……」

青年皺起眉頭，默默凝視著訓訓的臉。訓訓在對方的注視下不知該如何反應，只能緊張地吞口水。接著，青年的臉上突然浮現笑容，轉頭朝裡面喊：

「有人在嗎？」

兩名年輕人從黑板後方探出頭。

「在。」

「可以拜託你們安裝馬具嗎？」

「當然。」

「馬上準備好。」

他們回答之後便消失到後方。

不久，一匹毛色光澤亮麗的馬被牽到馬廄外。這是一匹體型稍小的栗色騎乘用馬。其中一名年輕人把馬肚帶往上拉並確實扣住，另一名年輕人則將轡繩交給青年。

「辛苦你們了。」

青年對他們道謝，然後朝著馬吆喝「來、來」，熟絡地摸著馬的臉和脖子。他看準時機抓住鬃毛，彷彿騎上沒有馬鞍的馬一般，不踩馬鐙就跨坐上去，坐穩後迅速將腳尖插入馬鐙中。

「哇，好厲害。」

訓訓看到他的動作，由衷佩服地蹦蹦跳。

青年用韁繩操控馬，然後俯身到幾乎快要掉下來，朝著訓訓伸出手說：

「來吧。」

他的意思應該是要訓訓也上馬。怎麼可能？辦不到。訓訓揮手搖頭，明確地表達拒絕。

「沒辦法。」

然而他還是被抓住領口。

「哇！」

轉眼間，他就被拉到馬鞍上。馬轉動脖子，緩緩停下來。

「啊啊啊！」

從馬背上眺望的景色高得嚇人，簡直像從二樓俯瞰地面。馬搖搖晃晃地踏著腳，讓訓訓覺得好像隨時都要掉下去。如果掉下去，大概不只是受傷吧？他感到頭暈，幾乎要失去意識，抓緊青年的手臂反射性地喊：

「啊啊啊……爸爸！」

聽到這句話，青年不禁苦笑。

「爸爸？你在叫我？」

馬不安地踏著腳。

「爸爸！爸爸！」

訓訓在搖晃的馬上緊閉雙眼，抓緊手臂不肯放手。

「別怕。你害怕的話，馬也會害怕。」

青年溫和地說，接著謹慎地把馬頭轉到反方向。

「走吧。」

這匹馬慢條斯理地走在丘陵上的田間道路。

懸崖的另一側是梯田，只有無盡的馬鈴薯、里芋與蕃薯的葉子。從馬鞍上也能感受到馬肩規律的肌肉動作。訓訓在搖晃中，保持僵硬的姿勢一直低著頭，緊緊抓著馬轡。

訓訓剛剛稱呼這名青年為爸爸。雖然是情急之下喊的，但當時他忽然想到一件事：那句「凡事都有第一次」是在兒童房聽爸爸說的。沒錯，爸爸的確說過。這麼說來，這名青年該不會是年輕時的爸爸吧？

青年以穩重的聲音說：

「馬已經不怕了，牠接納了我們。不可怕吧？」

「……有一點。」

訓訓仍低著頭回答。

青年指著遠方的地平線說：

「那就看更遠的地方，不要看下面。不論發生什麼事，都只看遠方。」

訓訓因為太緊張，沒辦法馬上抬起頭。不過在眨了幾次眼睛後，他緊緊閉上眼睛，照青年說的抬起頭，然後慎重地睜開眼。

「……」

他看到好幾朵白雲，一直延續到地平線彼端。根岸灣的海風舒適地吹拂他的頭髮。或許因為如此，他感覺到自己的緊張逐漸舒緩。

仔細一看，發現遠方有個東西。河川對岸的丘陵上，有一棟龐大的建築。

那是根岸賽馬場的「一等馬見所」。

「啊……」

訓訓看過相同的建築物，那就是根岸森林公園裡的觀眾席廢墟。一定沒錯。周圍的景象雖然完全不同，但只有那裡存在相同的建築，使訓訓心中產生無法言喻的奇妙感覺，呆呆注視好一陣子。

青年以溫和的聲音問：「怎樣？不可怕了吧？」

訓訓被拉回現實，露出笑臉回答：「嗯。」

青年用腳在馬肚上給予信號，馬便開始奔跑。和先前不同的上下晃動節奏，讓訓訓瞪大眼睛。

「啊啊啊啊！」

載著訓訓的馬，奔馳過丘陵上起伏的田間小徑。

訓訓心想，這回搞不好要被甩出去了。他再度緊緊閉上眼睛，青年立刻挺直背脊說：「看遠方。」

「啊。」

訓訓驚覺過來，努力抬起頭眺望地平線。他以賽馬場的觀眾席為目標，自己也能感覺到比先前更快恢復冷靜，並且逐漸習慣奔馳的節奏。

「很好，要加速囉。」

青年露出微笑，以短促的吐氣與腳的動作給予信號。栗色馬全速奔馳，像獲得解放般奔過丘陵。

激烈的馬蹄聲與風聲瞬間拉高頻率。

突然，訓訓發現自己騎在機車上，奔馳在沿著灣岸的國道上。

爸爸

轟隆隆隆隆隆。

海面閃爍著耀眼的陽光。他們與悠閒北上的橫濱市電車瞬間擦身而過，繞過根岸灣，沿著國道南下。

訓訓的身體以皮帶緊緊固定在駕駛的青年身上。BMW製的494cc水平對臥空冷雙缸引擎二十四馬力的震動，直接傳遞到趴在油箱的訓訓身上。油箱上以油漆畫了馬的標識。沒錯，他們剛剛應該是騎在栗色馬上……訓訓感到困惑，雙眼在不知何時戴上的護目鏡中眨了好幾次。他抬頭看青年，想要詢問理由。

青年身上穿著剛剛還掛在肩上的皮夾克，雙手戴著厚厚的手套，夏季用飛行帽的帶子在風中飄揚。

「那裡。」

護目鏡中的眼睛有一瞬間瞥向左方，訓訓往青年示意的方向望過去。

「我以前工作的飛機公司。」

從杉田的上坡樹林間，可以瞥見填海地區的巨大工廠鋸齒狀的屋頂。那裡大概就是生產林間工廠中有十四個氣筒的航空引擎的地方，然而工廠中一片死寂，窗戶也像洞穴般黑暗，讓訓訓覺得好像一座死掉的建築。青年加快機車的速度，死去的建築就隨著加速倒退的風景被拋在遙遠的後方。

他們和京急本線的列車擦身而過，沿著國道十六號繼續南下。

從富岡到金澤八景未鋪裝的山路上，青年以流暢的壓車技巧輕鬆繞過急轉彎，在不易過彎的彎道上也沒有減速。過了彎道後車身扶直，然後又馬上壓車，彷彿在試探訓訓的膽量。

機車闖入出現在彎道前方的船越隧道。

青年在黑暗中問：「還會怕嗎？」

訓訓以僵硬的表情逞強地回答：

「……不怕。」

「看到地平線了嗎？」

訓訓稍微張開眼睛，看到隧道的出口接近了。

「……看到了。」

他們飛入耀眼的光芒中。

穿過船越隧道來到田浦町，前方就是橫須賀本港。

據說過去由於橫須賀港屬於軍事機密，因此沿著灣岸的道路築起遮蔽用的高牆。不過現在這道牆已經拆除，可以看到停泊的美軍船艦船桅後方，林立著龐大的錘頭型起重機和懸臂起重機。訓訓睜大眼睛，看著這幅壯觀的景象。把視線移向右方，就看到第二船台巨大的高架起重機，散發壓倒性的存在感聳立著。這幅景象的規模過於巨大，讓他產生宛若來到巨人國的錯覺。ＥＭ俱樂部前有外國士兵唱著開朗的歌走過，另外也有與之形成對比，垂肩拿著許多行李排隊的疲憊人群。街角可以看到小孩子的身影。這些小孩都很瘦，卻發出快活的叫聲到處奔跑。

機車捲起沙塵，駛過馬崛海岸沿岸的道路，和載運許多材料的破舊前置引擎卡車擦身而過。訓訓發現之前幾乎沒看到汽車，貨物大多都由馬或牛來載運。經過舊式房屋並排的走水區寂靜的岩岸、繞過觀音崎時，連馬和牛都很少看到了。

取而代之的是海上各式各樣的船隻。每看到一艘船，訓訓就會指著海面喊：「有船！」

張著帆的拖網漁船。

離開東京灣的第九號輸送艦。

從久里濱還看到載送遺散士兵的空母鳳翔的艦影朝著浦賀前進。

青年喃喃說道：

「駕駛所有交通工具的訣竅都一樣。學會一種，就能駕駛其他種。不管是馬、船、或是飛機——」

從三浦海岸繞過半島到西岸，夕陽耀眼的光芒映照在海面上。機車持續奔馳在凹凸不平的鄉間道路上。

訓訓抬頭看青年。

「爸爸。」

「嗯？」

「好帥。」

青年仍舊看著前方。

「對吧？是我做的。」

「不是這個。」

訓訓一直盯著青年。

「……」

他想要用某種方法傳達這種難以言喻、類似憧憬的心情，卻只能一直盯著對方。青年注意到他的視線，微微對他笑了一下，但僅此而已。當他再度抬起頭，護目鏡的反光遮住了眼中的表情。

青年的機車引擎聲迴盪在海岸的蘆葦原，一直向前奔馳。

另一種引擎聲與機車交錯傳來。訓訓仰望天空，看到遠方的飛機。因為太遠，所以無法辨別機型，不過在訓訓耳中，這個獨特的聲音似乎和七個汽缸重疊排列的那台引擎相同。

次日早晨。

媽媽在出門前發現爸爸粗心的失誤，因而大發雷霆。

「怎麼會忘記交出這麼重要的文件！」

爸爸穿著T恤和短褲，亂翹的頭髮還沒整理，一副邋遢的模樣跟在媽媽後面。他昨晚熬夜工作，剛剛才起床。

「對不起啦～」

「我不是拜託你了嗎？真是的！」

「就說對不起了嘛～」

他以招架不住的表情發出窩囊的聲音。

「不要生氣啦～」

訓訓一直注視著這樣的爸爸。

「……爸爸？」

「嗯？」

訓訓以憧憬的眼神說：

「請早安。」

「訓訓，你在說什麼？那是敬語嗎？」

爸爸驚訝地反問。

訓訓戴上安全帽，確實扣好下巴下方的帶子，然後模仿馬廄那兩名年輕人，畢恭畢敬地說：「請去公園了。」

「咦？」

「請騎腳踏車了。」

「咦？」

「請。」

他們再度來到根岸森林公園的圓形廣場。

「你一個人真的不要緊嗎？」

爸爸搖著背帶中的未來，從長椅旁邊觀望。訓訓露出毅然的表情轉身背對他。

「不要緊。」

他帥氣地抬起腿，想要跨上腳踏車。

「唔……」

然而他的腳又卡到座椅。因為腳太短了。

「唔……唔，唔……唔！」

上次騎腳踏車的四個男生也從遠方注視他。

「唔……唔！」

他總算跨上座椅。

他把腳放在踏板上，用力往下踩。腳踏車立刻搖晃，才前進一點就立刻倒下。

「啊！」

爸爸發出叫聲。

訓訓抬起沉重的腳踏車。

「遠方……看遠方……」

訓訓模仿那名青年所說的話，喃喃自語。

他抬著頭踩踏板，但立刻因為車身搖晃而雙腳著地。他重新踩踏板，搖搖晃晃地前進，然而在比先前稍微遠一點的距離又跌倒了。

「啊啊啊！加油，訓訓！」

爸爸不禁把上半身湊向前方，彷彿在努力壓抑想要立刻衝過去的心情。

訓訓跌倒好幾次，滿身泥巴，但仍舊拚命扶起腳踏車，氣喘吁吁地踩踏板。

「……遠方……遠方……」

那四個男生也緊張地觀望著。訓訓才剛剛騎到比上次更遠的地方，又重重地摔了一跤，讓四人縮起身體。

「啊～！」

爸爸也惋惜地抱著頭。只有未來在背帶中文風不動地盯著。

訓訓已經滿身大汗，或許是因為太累了，他想要扶起腳踏車，卻遲遲無法扶起來。但他仍舊卯足力氣。

「遠方……遠方……」

在不斷流下的汗水中，他突然瞪大眼睛。

他看到被茂密的常春藤覆蓋的觀眾席廢墟。

他一直盯著那裡，踩下踏板。

「……唔！」

即使搖搖晃晃地前進，他仍舊看著前方。

「唔唔唔唔……！」

腳踏車不斷搖晃，似乎快要倒下來了，但他仍舊勉強支撐著。

爸爸握緊的拳頭顫抖著。

「哦，好厲害！」

訓訓一直看著前方。前輪搖晃到誇張的地步，不過奇妙的是，他沒有倒下來。

直視前方的雙眼看到的，不是眼前的廢墟。

他看到的是在海風吹拂的丘陵上，和那名青年一起眺望的根岸賽馬場的「一等馬見所」。

「啊啊啊！」

即使劇烈搖晃，他還是繼續踩踏板，沒有倒下來。

「好厲害！好厲害！」

爸爸揮舞著握緊的拳頭喊。

腳踏車還沒有倒下。雖然搖搖欲墜，但沒有倒下。只要雙腳踩著踏板，腳踏車就會持續前進。

也就是說，訓訓已經學會騎腳踏車了。

「太棒了！訓訓好棒！太棒了！」

爸爸在長椅旁高興地揮舞著手。他不斷原地跳躍，一直揮著手。

訓訓把雙腳放在地面停下來。

「呼～」

他喘了一口氣。這時，那些男生紛紛騎到他身旁，煞車的聲音響起。

「你一下子就學會了嘛。」

「很簡單吧？」

他們面帶笑容，每個人都祝福呆望著他們的訓訓。

「來玩吧。」

他們逕自說完，就先踩著踏板離開。

訓訓想到他和那些男生一樣，能夠自己騎腳踏車了。想到這裡，心中就逐漸產生舒暢的滿足感。

那些男生呼喚他：「一起來啊。」

訓訓露出滿面笑容，用力踩下踏板。

「嗯！」

「該怎麼說呢？感覺像見證了孩子爬上成長階梯的瞬間。」

爸爸描述先前發生的事件經過，興奮似乎還沒有平息。媽媽伸出雙手抓亂訓訓的頭髮，極力稱讚他：「好厲害！訓訓好厲害唷！」

「哈哈哈哈。」

訓訓笑著一屁股坐下來，頑皮地翻著攤開在地上的相簿，露出既高興又覺得癢的表情。

媽媽說：「訓訓是因為有爸爸替他加油，才能那麼努力。」

這個解釋對爸爸來說有些意外，他重新注視著訓訓問：「是、是這樣嗎？」

「對呀。」

「……」

看著訓訓翻閱相簿的天真模樣，爸爸心中突然湧起種種思緒。他想到自己小時候的回憶，感觸特別深，眼中不禁泛起淚水，急忙眨眼睛遮掩。

「……小孩子真了不起。沒有人教，有一天卻突然學會了。」

他說話時再也無法壓抑，忍不住吸了吸鼻涕，伸出食指擦眼淚。

媽媽看著爸爸懷裡的未來說：

「對了。」

「嗯？」

「未來現在被你抱著也不會哭了。」

「……咦？」

「她的表情很安心。你抱小孩的技術也提升了吧？」

爸爸仔細端詳未來的臉，然後搖搖頭，像是要拋開這個想法笑著說：

「不不不，我的事不重要。現在最重要的是，訓訓太厲害了。」

「呵呵呵，好吧。」

媽媽苦笑著退讓，心想既然他專注於訓訓的成功更勝過自己一小步的前進，那麼現在就先別提了。

這時訓訓回頭說：「啊，這是爸爸。」

「嗯？在哪裡？」

媽媽也探頭看相簿。訓訓指著一張老照片。

「這個。」

「不對不對，這是曾外公。」

「不對，是爸爸。」

「不對，是曾外公。去年過世了……」

「曾外公？」

訓訓看著照片中的護目鏡、機車、皮夾克、林間工廠。

還有他一直稱作「爸爸」的青年身影——照片中的一切都是他曾親眼目睹的。

「曾外公在戰爭的時候製作戰鬥機的引擎，後來被徵兵，編入要開船直接去撞對手的特攻隊，可是運氣很好沒有死掉，戰後進入開發機車的公司……」

媽媽的聲音越來越遙遠。

「……」

「……」

訓訓一直盯著照片。照片中的青年看著他，彷彿靜靜地在說什麼。

不久，訓訓好像接收到了訊息。

「……原來是這樣啊。」

他露出微笑。

「謝謝你，曾外公。」

在訓訓眼中，青年似乎也對他微笑。

離家出走

夏季強烈的陽光投射出濃密的陰影。

淺藍色線條的E233系電車響起「嗡」的警笛聲，輕快地行駛。東京車站的在來線（註6）月台停靠了中央線、山手線、超級梓號、東海道線、踊子線、日出出雲、成田特急等各種列車。E233系電車發出「嗡」的警笛聲駛入東京車站，直接「過站不停」。

「不要！」

下半身只穿內褲的訓訓丟開褲子。兒童房的地板上已經散落好幾條短褲。E233系電車行駛其間。

「這件呢？」

爸爸攤開條紋褲子，但訓訓又憤怒地甩開。

「不要！黃色的呢？」

「現在正在洗。」

訓訓像是在鬧脾氣般蹲下來。爸爸從抽屜拿出深藍色短褲，但訓訓把頭轉向另一邊拒絕。

「我要黃色的。」

「可是那條還沒乾。」

「不要。」

「那就穿內褲去吧？」

「不要！」

「那就快穿。」

爸爸抓住些微空隙，撲上去壓住訓訓，想要讓他穿上深藍色褲子。訓訓無法動彈，哇哇大叫著揮動手腳抵抗。

「不要～～～！」

E233系電車駛出兒童房，沿著由點心盒、文件盒、面紙盒與盆栽支撐的軌道

註6：意指新幹線以外的舊國鐵和JR鐵道路線。

爬上中庭，接著又很有耐心地沿著洗衣籃、積木、橡皮擦、量杯堆積的精巧環狀橋，盤旋爬上階梯、抵達餐廳。

「汪汪、汪汪。」

小悠像在迎接列車般吼叫，但E233系電車毫不理會地繼續前進，沿著牛奶紙盒、圖鑑、恐龍玩偶、故事書組成的高架軌道，轉動車輪爬上更高的客廳。

「好痛……」

聽到小悠的叫聲，媽媽難受地按著額頭。她從昨天就一直頭痛到現在。

「啊唔～」

未來從早上就到處爬。她對於來到客廳的京濱東北線列車（註7）沒什麼興趣，只顧著東張西望，彷彿在尋找失物。

「在找什麼嗎？」

未來八個月大之前就學會爬行，比訓訓早很多。一動起來就得隨時緊盯的時期來臨了。媽媽抱起她喊：「未來飛行～！」

然後，媽媽讓未來躺在地板上，迅速脫下連身衣。

「來換衣服吧。」

這時訓訓爬上來，手上拿著短褲表達不滿：

「媽媽，我要黃色的褲子。」

一起上來的小悠也汪汪叫，彷彿在煽動他。

「小悠，安靜，我頭很痛。」

「我要黃色的！」

「這件很適合你。」

「我要黃色……唉唷，吵死了，小悠！」

訓訓遷怒汪汪叫著逃跑的小悠，繞來繞去追著牠跑。媽媽在中間忍著頭痛皺起臉，按住想逃跑的未來，替她穿上外出服。這件是為了旅行特地準備的新衣服，原本想要好好欣賞她穿上新衣服的可愛模樣，但是在如此騷亂的情況下根本沒有那種心情，只是很普通地完成穿衣程序。

爸爸拿著捕蟲網，從樓梯底下探出頭說：

「時間到了。」

⬇註7：埼玉市到橫濱市的鐵路，使用的車輛即為E233系電車。

「我知道。」

「該放行李了。」

「就說知道了！」

媽媽忍不住大聲回答。

爸爸縮起身體，低垂著視線走上客廳，迅速抓起沙發上的四個背包轉身。

「好好，對不起，我不會再回嘴了。」

「你說這話是什麼意思？」

「呃，沒事。」

爸爸以逃跑的速度下了樓梯。

「真是的！」

為什麼每個人都這樣？媽媽感到更加焦躁。

這時訓訓突然停下腳步說：

「我討厭藍色的褲子了！我要黃色的！」

他出其不意地開始脫褲子。

「啊～不准脫、不准脫！」

媽媽連忙抓住訓訓的手，連同褲子一起往上拉。

「那個……」

爸爸在下方用有些顧慮的聲音呼喚，小悠聽到便汪汪叫著跑下去。媽媽嘆一口氣說：「好～好好好。」

她抱著換好衣服的未來走下樓梯。

訓訓被獨自留下來。先前的喧囂彷彿作夢，周遭變得悄然無聲。

「……」

他試著喃喃自語：

「果然比較喜歡未來，不喜歡訓訓嗎……？」

但是沒有人回答。

「……喂！」

他蹉著腳喊。

「要出門囉。」

媽媽的聲音傳來，感覺好像在很遠的地方。

「不去！」

「那你要怎麼樣？」

「離家出走！」

「什麼？你要離家出走，到上面的房間嗎？」

「嗯！我不回來了！」

他說完，轉身快步爬上通往上層的階梯。

片刻過後，媽媽從樓下探出頭。

「訓訓？」

然而訓訓已經離開，客廳裡沒有人。

真是的。媽媽閉上眼睛。

「……唉。」

訓訓無法平息激動的情緒，用力打開浴室門，走進浴室蹲在空浴缸中躲起來。接著他探出一點點頭，自己大聲喊：

「訓訓不見了！」

喊完他又縮起頭，等候別人來找他。

「……」

然而沒有任何反應，屋內悄然無聲。

「討厭！」

接著他鑽進臥室的衣櫃裡，自己大聲喊：

「訓訓不見了！」

喊完他就關上門。

「……」

然而依舊沒有任何反應。

「討厭！」

他大步回到原來的地方，噘起嘴問：

「為什麼不來找我？」

但是──

「……咦？」

從客廳俯瞰，屋內真的沒有人，連小悠都不在。

「……在哪裡？」

靜悄悄的客廳中，只聽見E233系電車「嗡」的警笛聲空虛地響著。捕蟲網彷彿被遺忘般靠在餐桌。

「……大家丟下訓訓走了嗎？」

他悲從中來，眼中泛起淚水。

「嗚哇啊啊啊啊……」

竟然把他留下來，太過分了。他邊哭邊感到越來越生氣，流著鼻涕大喊：

「訓訓不喜歡大家！」

訓訓下定決心。

算了，既然他們都這樣，他就要真的離家出走。

訓訓跑過餐廳，從冰箱門內側的架子拿了紙盒裝的柳橙汁放入背包。渴了就喝這個。接著，他伸向餐桌上的水果籃，從梨子、奇異果等水果當中毫不猶豫地抓了香蕉塞入背包裡。肚子餓的話就吃這個。

他打開玻璃門，中庭有一隻迷途的小燕子飛來，但他無心理會，穿上運動鞋走下通往中庭的階梯。

這時他突然聽到陌生的聲音：

「這樣不好吧。」

「咦？」

他望向聲音的來源。

下一瞬間，他發現自己站在無人車站的月台。

「……奇怪。」

由於事發突然，他驚訝地環顧四周。車站除了單線的軌道以外，只有月台旁種著樹葉茂密的高大黑櫟樹。除此之外，放眼望去全都是綠油油的稻田，在遙遠的地方才看到民宅的影子。這裡像世界盡頭的無人車站，很難想像會有電車來到這種地方。在接近傍晚的下午，天空開始染成黃色，剛剛的小燕子飛走了。

聲音來自月台上小小的候車室。

「不好，你那個態度實在太差了。」

訓訓警戒地緩緩接近，偷偷窺探候車室內。

「……你是誰？」

那是一名高中男生。他坐在長椅上，很邋遢地把腳伸向前方，手插在口袋裡。

高中男生從瀏海縫隙間看著訓訓，以淡淡的口吻說：

「你待會兒要去露營吧？要抓昆蟲、看祭典的煙火、去住外公外婆家，對不對？這是大家期待的夏季假期，希望可以留下美好的回憶，不是嗎？怎麼可以說『不喜歡』？」

聽到他高高在上的訓話口吻，訓訓啞口無言。為什麼要被剛見面的人這樣指責？

「所以說，你是誰？」

訓訓又問一次。

然而高中男生沒有回答，繼續說：

「褲子跟美好回憶，哪一個比較重要？」

「……」

「懂了吧？懂了就去道歉。」

訓訓瞪著高中男生說：

「褲子。」

「啊？」

「怎麼可以說『怎麼可以說不喜歡』！」

「什麼？」

訓訓以絕對不退讓的強烈意志咆哮：

「怎麼可以說『怎麼可以說不喜歡』！」

高中男生也以絕對不退讓的強烈意志咆哮：

「怎麼可以說『怎麼可以說怎麼可以說不喜歡』！」

「怎麼可以說『怎麼可以說怎麼可以說怎麼可以說不喜歡』！」

「怎麼可以說『怎麼可以說怎麼可以說怎麼可以說怎麼可以說不喜歡』！」

兩人互相咆哮當中，一輛列車沿著單線軌道駛來。是淺藍色線條的E233系電車，卻只有四節車廂。列車進入月台後，響起煞車聲停下。

無人車站生鏽的站名標識上寫著「磯子」。

訓訓抓著候車室的門，緊張地注視眼前的列車，聽到氣壓缸發出「噗咻～」的聲音，車門打開。他嚇得往後跳一步。車門旁的目的地標示牌是暗的，沒有任何標示。這輛電車是從哪裡來？如果坐上去會被帶去哪裡？是否要坐上去才能知道答案？

這時他聽到尖銳的聲音說：

「不要坐上去！」

男高中生伸手制止他。

「……你該不會想坐上去吧？」

聽到這個人這麼說，訓訓不知為何就心生強烈的反抗欲望。他下定決心，在警笛聲響起的同時往前跑。

「啊，等等！」

訓訓無視高中生的呼喊，跳入即將關閉的車門，緊急搭上車。

Ｅ２３３系電車緩緩離開月台。

被留在候車室的高中男生目送列車離開後，緩緩靠在長椅上，以苦澀的表情喃喃自語：「……小鬼。」

車內沒有其他人，只有訓訓一個乘客。

他把運動鞋脫在地板上，爬上座位看窗外。另一輛淺藍色線條的Ｅ２３３系電車發出轟隆聲經過他眼前。咦？剛剛明明是單線，難道已經進入多線區間嗎？

「……啊。」

隔著好幾條平行軌道，他看到綠色與灰色的ＴＡＫＩ１０００形列車。

「油罐列車！」

他湊向前大喊，呼出的氣息使窗玻璃蒙上白霧。

天空在西斜的太陽照射下，綻放鮮豔的光芒。一路上他只看到鐵軌、電線與電線桿，彷彿地面上其他東西全都消失了。

然而訓訓並不在乎。油罐列車前方出現牽引貨櫃車廂的EF210形電力機車頭。他興奮地上下搖擺，高喊：「貨櫃列車！」

再前方又有E259系、E233系3000番台、E235系電車依序出現，並排行駛。

「成田特急、上野東京線，還有山手線！」

他獨自在座位上跳躍。

嗶咿咿咿咿咿——

這時，突然傳來彷彿空氣被不自然抖動的奇妙震動。眼前的窗玻璃產生共鳴，宛如感到恐懼而顫抖。究竟發生什麼事？他驚訝地望著窗外，看到在超前的E235系電車前方的高架橋上，出現陌生的列車。

「……啊！」

訓訓屏住氣息。

——那是全黑的新幹線。

他腦中閃過這個念頭。客車的車窗透出紅色的光，不過因為太遠，因此看不到詳細情況。

嗶咿咿咿咿咿——

黑色列車留下奇妙的震動，高速駛過。

他第一次看到這輛列車，為什麼會覺得那應該是新幹線呢？話說回來，那輛列車有十六節車廂，而且行駛在非在來線的高架橋上，所以應該不會錯。訓訓在那輛列車消失蹤影後，仍一直望著它駛去的方向，眨了好幾次眼睛喃喃自語：

「那是什麼系的新幹線……？」

他從來沒有聽說過所有車廂都塗成黑色的新幹線。

『請注意，電車即將進站。』

隨著廣播聲，在來線月台的螢幕以多國語言顯示站名。

天花板挑高的偌大空間中，並列著無數月台。淺藍色線條的E233系電車發出煞車聲，停在其中一座月台。

所有自動門同時打開。

『東京、東京，感謝您的搭乘。』

這裡是東京站。

訓訓目瞪口呆地環顧四周，車內廣播繼續說：『請注意，本列車即將回送，不再提供載客服務。』

「咦？」

訓訓嚇了一跳，急忙爬下座位，把腳套進運動鞋，卻因為太過焦急而無法好好穿上鞋子。

「啊、等等、啊～」

『請注意，本列車不再提供載客服務。』

車內廣播像是催促般反覆宣告。

「等等、啊、啊～唔。」

『車門即將關閉……』

「等、等、等一下！」

他從門口往外跳，在千鈞一髮之際下車。

月台門隨著鈴聲關上。列車離開，駛向車庫。

訓訓起身仰望車站大樓內部。

他當然來過東京站好幾次，對這裡很熟悉，但眼前這座東京站和他所知的完全不同，規模更大、更傳統，卻又好像經過改造，使工業風格的機能美與便利性共存，感覺好像來到陌生國度的機場。

高聳的古典柱子上裝設好幾台螢幕，依序用各種語言顯示出發與到達時刻的資訊。沒聽過的路線圖和各車站詳細時刻表也都以多語言顯示。好幾國語言的廣播在他頭上播放。訓訓搭乘電扶梯上樓，俯瞰在來線月台的全景。到底有幾座月台？少說有二、三十座吧？各種路線的電車駛入後又一一駛出，好像在看快轉的影片。大量人潮下了電車，然後換同樣大量的人潮上車。

電扶梯來到最上方。

「……啊。」

訓訓看到複雜交錯的高架橋上，有一輛白色列車緩緩發動前進。

他不禁發出歡呼聲：

「哇，新幹線！」

令人聯想到外國高鐵造型的雙層新幹線抵達上方的高架橋。這不是E4系也不是E1系，是他沒看過的車型。他把視線移向下方的高架橋，又有沒看過的新幹線駛出。它們不屬於既存的任何車系，而是像F1賽車般有著長形車頭的未來風格車型。

「那是什麼系的新幹線？」

未知的新幹線載走排隊等候的人群，每幾分鐘就會發車。訓訓身為愛好電車的小孩，臉上帶著開心的笑容邊走邊東張西望。

叮咚！隨著很響亮的聲音，閘門關上了。

「好痛！」

訓訓的臉重重撞到前方，他摀著鼻子搖搖晃晃地後退。有標識在閃爍。他先前茫然走著，不知不覺就來到新幹線閘門。驗票閘門像在訓斥般說道：

『無法搭乘。無法搭乘。無法……』

「我又沒有車票。」

訓訓摀著鼻子抱怨，然而自動驗票閘門只是無情地反覆：『無法搭乘。』他無可奈何地轉身。

「我要回去了。」

訓訓逆著湧向驗票閘門的人潮，獨自離開。

「可是，要怎麼回去？」

偌大的車站內無數人來來往往，發出無數的腳步聲及無數的喧囂聲。電子看板上的多語言顯示迅速轉變，同樣地也有拿著大件行李的眾多旅客以多語言交談。數人的突發性笑聲此起彼落。

只有訓訓孤立其間。

從半圓形的玻璃天窗可以看到染上暮色的天空。訓訓有好一陣子只是望著經過的人身上的包包、鞋子和襪子。這時突然傳來「咚」的聲音，接著廣播響起：

『有一名孩童走失。』

「在這裡在這裡！」

訓訓高舉雙手，跳了好幾次想要引起注意。

『來自峨野峨野區的大輔小朋友，大輔小朋友，你的母親在銀鈴下面等你。』

在突兀懸掛的巨大銀色鈴鐺底下，有個綁馬尾的母親身影擔心地把手放在胸口尋找孩子。

這時，有個理光頭的幼兒身影跑過去喊：

「媽媽～」

綁馬尾的母親蹲下來抱住他。

「大輔！」

訓訓啞口無言地目送他們。

「……」

舉起來的手失望地垂下。那不是他的媽媽。

反方向又傳來「咚」的聲音，廣播再度響起：

『有一名孩童走失。』

訓訓聽到又回頭，跳了好幾次。

「在這裡在這裡！」

『來自武佐武佐市的佐江小朋友，佐江小朋友，妳父親在貓的鈴鐺下面等妳。』

在突兀懸掛的巨大貓鈴鐺底下，背著肩背包、戴著四方形眼鏡的父親身影擔心地尋找孩子。

這時，有個戴眼鏡的女孩身影跑過去喊：

「爸爸～」

戴四方形眼鏡的父親蹲下來抱住她。

「佐江！」

訓訓呆呆地目送他們。

「……」

舉起的手再度垂下。那不是他的爸爸。訓訓以失望的表情看著反方向。

「……啊。」

他不禁重新看了一次。

在人群中，他看到抱著小寶寶的熟悉背影。亂翹的頭髮、不太可靠的姿態，一定是爸爸沒錯。

「爸爸！」

訓訓大聲呼喚。

那個人回過頭來。然而相似的只有背影，臉孔完全陌生。小寶寶則是和那個陌生人長得很像的陌生小寶寶。

「不對……」

訓訓垂下肩膀喃喃說道。

「……媽媽……」

他不安地看著其他方向，然後又重新看一次。

「……啊。」

在擁擠的人潮中，他看到髮型熟悉的背影。沒錯，這頭稍微偏棕色的直短髮一定是媽媽。

然而，同樣髮型的背影共有七人，而且還排成一列走在一起。怎麼回事？

「媽媽！」

他一喊，七人當中有六人同時回頭。然而相像的只有髮型，臉孔完全陌生。訓訓相當失望，不過中間有個沒有回頭的背影，這個人會不會就是真正的媽媽？

「媽媽～！」

最後一人回頭。

鋸齒狀的牙齒，額頭上波浪狀的皺紋，還有短短的角——訓訓看過這張臉。

「……鬼婆婆！」

訓訓翻了白眼，癱坐在原地。

電子看板無時無刻都在變化，車站內有無數人來來去去。

訓訓坐在置物櫃前，望著往來的人群。太陽已經西斜，慵懶的光線也照射到這條連結通道。

訓訓從背包中取出紙盒包裝的果汁，從盒身拆下吸管，剝掉塑膠膜，把吸管插入吸管口。他用雙手抓緊紙盒，用力吸吸管。酸酸甜甜的滋味讓他鬆一口氣。他移開嘴巴，空氣進入紙盒發出「咕咕咕……」的聲音。

「呼……」

他嘆一口氣看向前方。

自己不見了，爸爸媽媽不知道有什麼反應。他們會擔心地找他嗎？還是不會找他？更重要的是，他們有沒有發現他不見了？兩人到底在哪裡做什麼？

訓訓完全不知道，一籌莫展。

這時他抬起頭，看到電子看板角落有傘、包包、以及問號的標識圖案。

「嗯……？」

上面寫著「Lost & Found」。

失物招領

北圓頂擠滿了急著回家的旅客。

訓訓的身影出現在「Lost & Found／失物招領」的看板前方。他雖然看不懂文字，但從標識圖案可以想像得到這個地方是做什麼的。他的後面不斷有人排隊。上下車的旅客越多，遺失的物品應該也會成正比地越多吧？他有生以來第一次獨自排在這樣的窗口，因此內心忐忑不安。排在這裡沒問題嗎？輪到他的時候，他有辦法確實說出自己遇到的麻煩嗎？他邊等邊想著這些問題。然而除此之外，還有一件事讓他很在意。

「……都是小孩。」

不論回頭看或往前看，排隊的不知為何都是小孩子，最年長的小孩大概也才十幾歲。這些小孩有的在玩掌上型遊戲機，有的在滑手機。為什麼會這樣？這個隊伍是兒童專用的嗎？然而看板上沒有這樣的標示。難道說遺失東西的都是小孩子？

他不經意地抬頭往上看。白熾燈泡黃色的光線照在石造陽台，上面有新藝術風格的美麗裝飾。從鋼鐵與玻璃材質、設計細緻的圓頂天窗，可以看到深藍色的晴朗天空。太陽似乎已經下山了。

正當訓訓抬頭仰望正上方時，有道聲音傳來：

「下一位。」

「啊……」

他走到敲打著桌上鍵盤的站務員面前。

「你遺失物品了嗎？遺失的是什麼樣的行李？」

「沒有。」

站務員的手停下來。

「這裡是失物招領的窗口。如果有其他問題……」

訓訓抬起頭，老實說出心裡的話：

「我迷路了。」

失物招領處的工作人員抬起蒼白的臉，眼睛眨也不眨地直盯著訓訓。他身上的制服沒有一絲皺褶，頭上戴的制式帽子沒有一點塵埃，背脊挺直為直角，以完全左右對稱的姿態坐著。他用起重機般的動作抬起左手，手指夾著鏡架推了推眼鏡。他的眼睛好像拿剪刀從哪裡剪下來貼上去的，形狀歪歪斜斜。

「迷路。也就是說，你遺失的是你自己？」

訓訓眨了好幾次眼睛，不知該怎麼回答，不過大概就是這麼回事吧。

「嗯。」

「我知道了。」失物招領人員說。「那麼為了廣播找人，我必須問幾個問題。首先請說出你的名字。」

「訓訓。」

訓訓立刻回答。這時失物招領人員的肩上出現懷錶大小的男人。

「叮咚。」

男人舉起綠旗子。他身上的制服有雙排釦子，帽子上有兩條金線，因此一定是站長。仔細看，他的臉是懷錶的錶面。

失物招領人員敲著鍵盤。

「登錄上去了。接下來請說出你母親的名字。」

「媽媽的名字？」

訓訓愣了一下。奇怪，他想不起來。他張大眼睛，雙手按著頭。

「呃～叫什麼呢？」

「請說出名字。」

失物招領人員反覆詢問。訓訓明明知道，卻說不出來。他按著頭上各個部位，但怎麼也想不起來，焦急地上下擺動身體。

「奇怪，為什麼？呃，那個……」

「叭叭～」

隨著蜂鳴器的聲音，懷錶站長犀利地舉起紅旗。

「無法登錄。接下來請說出你父親的名字。」

「爸爸的名字？」

訓訓當然可以回答，不知為何卻說不出口。他摀著臉焦躁地跺腳。答案已經到喉頭，可是還差一點點，說不出來。

懷錶站長降落到桌上。

「呃～那個，呃……」

「叭叭～」

懷錶站長得意地舉起紅旗。

「無法登錄。請說出其他家人的名字。」

「小悠。」

「叭叭～」

懷錶站長迅速舉起紅旗。

失物招領人員以添加註釋般的口吻告訴他：

「寵物無法透過廣播呼叫，敬請諒解。請說出其他家人的名字。」

「呃～」

「請說出其他家人的名字。」

「呃～呃～」

懷錶站長在桌子的兩端之間來回踱步等候答案，但很快就等不及地跺腳。

訓訓打算姑且隨便說出一個答案，卻想不出任何東西。

「呃～呃～呃～呃～」

懷錶站長終於高舉紅旗，像是刻意秀給他看。

「叭叭！」

錶面內側有一雙冰塊般尖銳冷淡的眼睛看著訓訓。

失物招領人員平靜地問：

「無法登錄。那麼就不需要廣播了吧？」

「如果不廣播會怎樣？」

失物招領人員剪貼般的眼睛一動也不動地俯視訓訓。這雙眼睛搞不好真的是從哪裡剪貼來的，完全不會動。

「這裡是非常大的車站，每天都有很多像你這樣走失的小孩。如果沒有人來迎接，那些小孩就必須搭上洞穴裡特別的新幹線。」

訓訓屏氣問：「……搭那個會去哪裡？」

「無處可去的小孩要去的地方——」

失物招領人員緩緩抬起左手，推了推眼鏡。

「——就是孤伶伶的國度。」

這時廣播的聲音響徹北圓頂：

『新幹線即將抵達。』

訓訓嚇得回頭。

「……！」

他的後方剛好有一塊以多語言顯示「新幹線月台」的大看板，電子看板上閃爍著「失蹤」文字。新幹線閘門發出「喀鏘」的聲音同時開啟。通過閘門進入後，就看到整齊排列的電扶梯通往地下，底端的距離遠到無法辨識抵達的地點。即使左右張望，也看不到任何人影，抬起頭則已經無法辨識出發的地點，只能一路往下，對於時間與空間的感覺逐漸變得麻痺。不知道下降了多久後，終於抵達最底端。這裡是黑暗的世界。瓦斯燈昏暗的照明，宛若回到過去的年代。廣大的空間裡鋪設了好幾列、十幾列、幾十列的軌道、電線與月台。這裡依舊完全死寂，只有生鏽而像幽靈般靜止的0系、151系、101系等列車。難道這裡是退役的古早列車墓地？不過在燈光照明的中央月台上，有一個孤單的人影。這裡並不是完全沒人。不知那是維修員、駕駛還是站務員？總之得過去確認那是誰。結果——

那個人是一臉茫然的訓訓。

「……咦？我怎麼會在這裡？」

他終於理解狀況，眼睛瞪大到快要迸出來，張望著左右兩側。他剛才明明還在北圓頂，怎麼會來到這裡？什麼時候來的？為什麼？

嗶咿咿咿咿咿——

「啊。」

這時他聽到似曾相識的聲音，不禁回頭。不自然的震動在空間中回響，緩緩接近。黑暗中的遠方出現搖曳的光點，並且緩緩增大。訓訓的心臟跳得很厲害。從剪影和眼睛位置來看，他聯想到E5系電車，但這輛列車明顯不一樣。車頭燈綻放強烈光芒、車身全黑的新幹線，震動著空氣逼近。外型詭異的前方車廂上，相當於車燈的雙眼像刀刃般往上斜，裂開的嘴巴中露出好幾排牙齒。車身不是漆成黑色，而是覆蓋著類似毛或鱗片、只能稱之為生物零件的東西。客車上的一排圓形車窗透出紅光，黑色新幹線緩緩減速並停下來。隨著「噗咻」的氣壓缸聲響，氣密門的鎖在訓訓面前解除，車門緩緩打開，瀰漫在月台的煙被捲入車內。

出入口透出的紅光開始閃爍，人工的廣播合成人聲反覆播放：

『可以搭乘……可以搭乘……』

誰要搭乘這麼詭異的新幹線，他才不想要前往孤伶伶的國度。訓訓以明確的口吻拒絕：

「不要。」

這時突然有一股磁鐵般看不見的力量，違反他的意願將他的腳拉往車門的方向。

「啊啊啊啊啊！」

在閃爍的光線中，訓訓不禁往後仰。他覺得好像有人抓著他的腳，強制要他上車。就在快被拉進門的瞬間，他張開雙臂抓住入口邊緣，在千鈞一髮之際勉強撐住。

「不要～～～！」

但他終於輸給看不見的力量，被吸入車內，臉朝下重重摔在地上。他在車廂間的通道上摀住臉發出「唔唔唔」的呻吟，這時車廂的門自動打開。他抬起頭觀望車廂裡，原本朝後方的兩排加三排座椅自動轉向他，貼在所有座椅上的骷髏臉孔同時面向他。

「哇啊啊啊啊！」

訓訓發出悲鳴，傾全力跑出車廂，但又被看不見的力量拉往車內。

「不要啊啊啊啊！」

他的雙腿幾乎空轉，奮力跑向外面，但又第三度被看不見的力量往內拉。

即便如此，他仍舊設法從出入口跪著爬出去。

「唔唔唔不要啊啊啊！」

突然，紅光停止閃爍，拉扯他的力量彷彿也像沒發生過般消失了。

「啊！」

他在慣性作用下跌到車外。

訓訓立刻爬起來，滿頭大汗地說：

「不、要！」

每說一個字他就跺一次腳。

『那麼——』

失物招領人員的聲音，彷彿從地下月台的天花板降下般響起。

『你必須自己證明自己。』

證明自己……訓訓雖然不知道正確的意思，但大概可以領會話中的用意。他默默地思考，彷彿在審視自己的內心，然後結結巴巴地說：

「訓訓是……訓訓是……媽媽的小孩。」

已經不會動的生鏽0系新幹線從遠處月台平靜地問：

「那是誰？」

訓訓雙手放在胸前，像在詢問自己般喃喃說道：

「訓訓是……爸爸的小孩。」

「啊？誰？」

生鏽的橘色101系電車也平靜地問。

「訓訓是……負責給小悠點心的人。」

生鏽的151系特急電車問：

「媽媽是誰？」

訓訓想著媽媽，喃喃地說：

「媽媽……很不會整理房間。」

生鏽的EF58形電力機車頭也問：

「爸爸是誰？」

訓訓想著爸爸，喃喃地說：

「爸爸很不會抱未來。」

外觀像惡魔的黑色新幹線以合成的聲音說：

「訓訓不喜歡未來。」

訓訓驚恐地抬起頭。

「未來是……未來是……」

未來是……討厭的小孩，名字很奇怪的小孩，不笑的小孩，喜歡香蕉的小孩。還有……還有……還有……他失去自信，聲音也細微到快要消失。

「訓訓的……訓訓的……訓訓……的……」

就在他想要說些什麼的時候——

「啊唔～」

「……咦？」

訓訓突然聽到遠處傳來嬰兒的聲音，驚訝地轉頭。這個聲音該不會是……？

在黑色新幹線前方，一號車廂方面的月台上，可以清楚看到嬰兒未來的背影。

「啊！未來怎麼會在這裡？」

他在訝異的同時，想也不想就跑過去。

「啊～」

未來發出聲音，像在尋找東西般東張西望。她從今天早上就是這樣，到底在找什麼？訓訓抬起頭，看到眼前黑色新幹線的門。

「不可以去那邊！」

訓訓在月台上奔跑，大叫著想要阻止她，然而——

「啊！」

他不知絆到什麼東西而重重摔倒。

未來完全沒發現訓訓。她看著車門，然後爬向紅光，根本不知道那是多麼危險的行為。

「啊啊啊！」

滿身擦傷的訓訓立刻站起來，拚命奔跑。他的帽子脫落，帽繩勾在脖子上，但他不予理會，直接大喊：「未來～！」

他喊得這麼大聲，未來卻沒有聽到，終於爬進紅光範圍中。

這時感應器似乎產生反應，光線再度閃爍，並開始廣播：

『可以搭乘……可以搭乘……』

未來彷彿被磁鐵吸引般，被拉到門的方向。她似乎很驚訝地看著腳邊。

「不可以坐上去啊～！」

訓訓不禁閉上眼睛大喊。

『可以搭乘……可以搭乘……』

未來即將坐上黑色新幹線。

在這一瞬間，訓訓伸出雙手，跳入紅光當中。

「未來！」

他拚命抱住小小的身體，然後重重摔在月台地板上，滾了好幾圈。由於滾到紅光的範圍外，因此出入口的燈光停止閃爍。

訓訓倒在月台上，好一陣子無法動彈。不久，他緩緩抬起處處擦傷的臉。他懷裡確實抱著未來，未來邊蠕動邊像平常一樣發出聲音：「啊唔～」

她沒事。訓訓鬆一口氣。幸好來得及……想到這裡，他腦中突然浮現一個情景。

下雪那一天，他第一次遇到未來的時候。

媽媽曾經拜託訓訓：

「發生什麼事的話，要保護她喔。」

過了好幾個月，他總算覺得自己了解這句話的意思了。在此同時，心中湧起過去不曾產生的情感。

「訓訓是……訓訓是……」

他抬起頭，彷彿要對全世界宣告，使盡全身力量大喊：

「訓訓是未來的哥哥！」

聲音響徹黑暗的地下月台。

這時，地面上的北圓頂響起正確答案的「叮咚」聲。

失物招領人員似乎接收到訓訓的答案，推了推眼鏡。接著，廣播的聲音響徹鋼鐵與玻璃圓頂。

『來自磯子磯子區的未來小朋友。未來小朋友。妳的哥哥在地下新幹線月台呼喚妳——』

不知躲藏在哪裡的好幾隻燕子同時飛起來，在上空劃著圓弧迴旋。

訓訓在地下月台放鬆了緊閉眼睛的力量，緩緩睜開眼睛。

「……啊。」

他手中沒有小寶寶。

「……咦？不見了……」

這時——

「找到了！」

聽到這個聲音，訓訓抬起頭。

「啊？」

隨著那道聲音，有一隻手伸向他。

手掌上有他看過的紅色胎記。

訓訓拚命伸出自己的手，緊緊抓住向他伸過來的手。

這隻手屬於——

「未來的未來！」

在訓訓眼前，未來的未來飄浮在空中，水手服的白色領子和紅色領巾隨風飄揚。

訓訓覺得她就像一隻鳥。

「自己要離家出走還迷路，真蠢。害我找了好久。唉！」

她像平常一樣嘆一口氣，然後凝視著回程的路。

「走吧。」

未來的未來在黑暗中踢了一下，然後像溜冰般在空間中滑行。和她牽著手的訓訓也一起在空中被拉著往前進。

「哇！」

他們沿著地下電扶梯逆行，不斷往上。雖然應該有一段很長的距離，他們卻一下子就到達頂端，剛好來得及穿過同時關閉的新幹線閘門，飛入北圓頂擁擠的人潮中。

「哇啊啊啊啊！」

旅客發出叫聲往後仰。未來的未來踢開他們，一口氣爬升到玻璃圓頂。底下的人或許會以為是兩隻鳥飛進來了。

只有失物招領人員知道，那是剛剛來到這個窗口的小哥哥，以及來找他的妹妹。

他朝著上空微笑了一下，但立刻又恢復面無表情，以剪貼般的眼睛盯著等到疲倦的小孩排成的隊伍，推了推眼鏡說：「下一位。」

未來

未來的未來和訓訓穿過天窗玻璃來到北圓頂外面，拖曳著光的尾巴，上升到東京的天空。

他們不停地越飛越高。

「哇！未來飛行！」

訓訓俯瞰底下的東京夜景，興奮地喊。

然而當他抬頭看上方，卻感到詫異。

「……咦？」

不知為何，天空中也有地面，雲層間出現月光照亮的草原。

「咦？我們該不會正在往下掉？」

「沒錯！」

訓訓發出悲鳴。

「哇啊啊啊啊啊！」

他們不斷往草原上的一棵樹墜落。

「你知道那是什麼嗎？」

「呃……院子裡的黑櫟樹？」

「看起來是黑櫟樹，實際上是我們家的歷史索引。」

「索引？」

未來在劇烈吹拂頭髮和衣服的風壓中，仍舊注視著正下方。

「圖書館不是有整理書籍的索引嗎？就像那樣，我們家的現在、過去和未來全都變成卡片收在那裡。我們得從裡面找到哥哥所在時間的卡片……」

「找不到的話呢？」

「就回不去了。」

「什麼？」

「要跳下去囉。」

「哇啊啊啊！」

兩人從黑櫟樹正上方疾速跳下去，發出「沙沙」聲穿過堅硬的黑櫟樹葉形成的隧道後，眼前突然變成白色。這裡是巨大的球體內部，圓環狀的演化樹呈幾何排列，儼然是超現實的空間。

「啊……！」

訓訓說不出話來。

從圓環分歧的樹枝一再分歧，一直延伸到盡頭。在多到令人暈眩的反覆分歧之後，每一根枝頭都標示一片綠葉，宛若標記一般。葉子一端有標籤般的突起，上面刻著類似住址的記號，真的就像索引一樣。未來的未來和訓訓飛入無數葉子當中的一片，眼前再度變成一片白色。

燕子大幅飛躍向前，眼前出現幾朵雲緩緩飄過天空的景色。他們跟在傾斜翅膀的燕子後方下降。雲層下方是某個鄉村的田園風景，沐浴在夕陽光線中。未來的未來與訓訓緩緩地從天空下降，逐漸接近聚落中的小學木造校舍。寬敞的操場上，有一個騎著小型腳踏車的少年，投射出長長的影子。

「你看到腳踏車了嗎？」

「嗯。」

「那是爸爸。」

「什麼？」

在訓訓驚訝的同時，腳踏車重重地摔倒在地，男孩被拋到操場上。瘦削的胸膛不斷喘氣，戴著眼鏡的臉難過地扭曲，眼中泛起淚水。

「事實上，爸爸身體很虛弱，上了小學還不會騎腳踏車。現在正在邊哭邊練習。」

「爸爸……」

訓訓想起自己還不會騎腳踏車時，爸爸曾經拚命幫自己加油，忍不住把雙手放在嘴邊喊：

「加油！」

未來也同樣地把雙手放在嘴邊一起喊：

「加油！」

兩人朝著雙手摀臉偷哭的男孩一起喊：

「加油！」

燕子的影子通過男孩上方。

這時，景象有如被搖動般大幅扭曲。他們轉眼間又回到附標籤的樹葉並排的演化樹空間，在空間中高速移動。

「啊啊啊啊啊！」

兩人再度飛入另一片葉子。

他們在雲層中跟隨燕子大幅迴旋，朝深山的溪流沿岸下降，看到林間有一處青草茂密、看似運動場的地方。

在其中一角的柵欄旁邊，有一名髮色光澤亮麗、髮長及肩的男孩，和一名婦女一起仰望天空。男孩穿著菱形花紋的背心和短褲，脖子上綁著紅色絲巾，宛若某個國家的王子。一旁的女人憐愛地摟著男孩的肩膀，表情顯得很難過，但男孩不以為意地繼續抬著頭。

「那個小孩是誰？」

「是小悠。」

「什麼？」

「小悠馬上就要離開狗媽媽，來到我們家——」

「小悠……」

剛剛看上去還是男孩的外貌，不知何時已經變成小狗。牠被狗媽媽憐愛地舔著，似乎覺得很癢般扭動身體。

訓訓忍不住喊：

「小悠～！」

景象再度晃動，轉眼間他們又回到演化樹的空間。

「啊啊啊啊啊！」

他們以驚人的速度前進，飛入另一片葉子。

燕子穿過灰色雲層下降。從天空狀況來看，似乎隨時要下雨。

「啊……」

有個女孩蹲在家門口，訓訓立刻看出那個女孩是誰。

「……媽媽。」

女孩手上有一隻幼鳥，一動也不動。地面上有斑斑血跡。女孩用哭腫的眼睛仰望天空。訓訓想起女孩家門口有燕子的巢。雛鳥是從巢中掉下來的嗎？未來像要回答他心中的疑問，對他說：

「她拿在手裡的……是遭野貓惡作劇的燕子雛鳥。媽媽原本那麼喜歡貓，可是從這個時候開始就變得不太喜歡貓。」

現在家裡的確只有狗（也就是小悠）沒有貓，原來是因為這樣的理由。

好幾隻燕子的影子飛過女孩上方。景象大幅扭曲，他們又回到演化樹的空間。兩人再度飛入無數葉子當中的另外一片。

轟……轟……

遠處傳來低沉的聲響，每一次聲響都造成空氣震動。

他們從上空緩緩下降，看到橫須賀空中瀰漫無數對空砲火的煙霧。震動來自炸彈。一九四五年七月十八日，下午三點三十分左右，橫須賀軍港，陰天。好幾道水柱朝著戰艦「長門」濺起。海面上有一名青年的身影，在濺起的水花中漂浮著。

時間追溯到更久以前。

青年十八歲時成為徵用工人，進入磯子區填海地區的航空引擎製造公司。公司內部有開發新型引擎的計畫，他被告知將成為助手參與該項計畫。然而，引擎在層層審查之後沒有獲得採用，無法繼續進行研究。

後來，他加入中島飛機生產的榮21型及31型引擎組裝工作。隨著戰況變得激烈，公司裡年紀較大的人紛紛被動員當兵，其中也有第一級的熟練工人。公司為了填補人力，便指派不夠熟練的年輕人替代。惡性循環當中，二十歲就當上組裝長的青年只能拚命努力因應。

戰局一路惡化，到了一九四五年，已經沒有可組裝的引擎，青年終於也被徵兵。他被編入水上部隊成為維修兵。水上部隊是以搭載改良卡車引擎的合板小艇載運炸彈、進行自殺攻擊的隊伍。這是為了預防敵國進攻本土而編制的眾多特攻隊之一。

青年前往長崎大村灣接受簡單的訓練後，回來被編入第××特攻戰隊第××突擊隊，為了領取特攻艇而來到橫須賀海軍工廠。回來當天，青年曾從海上仰望繫留在碼頭做為防空砲台的「長門」艦橋。這艘船艦塗上迷彩色做為偽裝。

巧合的是，當天下午美軍第三十八機動部隊便攻擊橫須賀軍港，主要目標是「長門」——

轟……轟……

遠處傳來低沉的聲響，每一次聲響都造成空氣震動。

「呼……呼……呼……呼……」

青年發現自己漂浮在海面上，周圍漂浮著被破壞的「長門」第一艦橋大量殘骸及士兵屍體。他領取的合板製小艇被燒光，連碎片都沒有留下。青年下半身受傷，流出的鮮血溶入海中，然而他連確認傷口的力氣都沒有，意識變得朦朧。

「呼……呼……呼……」

他覺得自己死定了，這樣就結束了。他回顧自己短暫的人生。沒有任何成就，連一件事都沒有完成。難道說真的就要這樣結束了嗎？在瀕死的關鍵時刻，青年朝著天空發出超越常軌的大吼。

「啊啊啊啊啊啊！」

他的右手舉向天空，海水滴落在他臉上。在指尖上方，厚厚的烏雲出現裂縫，有一瞬間照射出強烈的陽光。

「啊啊啊啊啊啊！」

他把舉起的手揮下來，奮力拍打水面，濺起激烈的水花。青年只憑著手臂的力量，游過到處漂浮著殘骸與屍體的海面。

轟……轟……

炸彈的聲音震動海面——

燕子穿過白色雲層，傾斜翅膀邊滑翔邊降低高度。他們看到和河岸上寬敞河流平行的鐵路。車站前密集排列著傳統民宅的屋頂。從那裡往郊外前進，就是一望無際的農田。稍微偏離幹線道路，有一棟格外大的住宅。

這片地區雖然也曾經是炮擊的目標，但和其他城市相較，沒有受到太大損害。一九四六年八月，戰火已經無影無蹤。

未來和訓訓從傍晚的天空緩緩下降。

訓訓記得自己曾看過這棟建築的石牆、松樹、以及外國製的特殊磁磚。門牌上寫著「池田醫院」。當時女孩曾帶他來這裡，把信放入當護士的曾外婆鞋子內。

門前站著一名穿著無袖上衣的男人，以及穿和式工作褲及圍裙的女人。傍晚的陽光將影子拉得很長。男人身旁停著那輛試作機車，也就是說男人就是那名青年。他指著道路前方的樹，似乎在跟女人說話。青年問：「到那棵黑櫟樹就行了嗎？」但不等對方回答就蹲下，雙手手指貼在地面就定位，然後看著女人，像在催促「快點」。女人顯然顧慮到青年的腳而躊躇，但他本人像是毫不在意。女人無奈地嘆一口氣，以站姿就定位。喊了「預備、跑！」之後，兩人開始奔跑。相較於女人圍裙隨風飄揚的輕巧跑姿，青年拖著右腳、上半身前後搖擺，跑得很笨拙。他在那場炮擊中傷到髖關節，賽跑時明顯處於不利。這時，女人在稍微超前的地方停下腳步，等候青年追上，目送青年搖晃著身體拚命跑過自己身旁後，她才再度奔跑。

在黑櫟樹形成陰影的道路中央，青年躺成大字形，胸口大幅起伏，不停喘氣。跑過來的女人從中途就用走的，來到青年旁邊壓著褲管蹲下。青年起身調整呼吸，用開玩笑的口吻說：

「阿惠，妳跑得真快，我還以為自己會輸。」

女人驚訝地眨了眨眼，然後把手放在嘴前笑著說：

「……呵呵呵，真好玩。」

未來從上空凝視這幅景象，喃喃地說：

「曾外公要是當時沒有拚命游泳……曾外婆要是這時沒有故意跑慢……就不會延續到我們。」

女人縮起身體呵呵笑的可愛姿態，似乎顯示她也喜歡這名青年。

「像這樣微小的事件一直累積，才會形塑成『現在』的我們。」

「……」

訓訓緩緩轉向未來問：

「現在……？」

他想問，是誰的「現在」？

這一瞬間，景象晃動並大幅扭曲——

夏季的天空在閃耀。

這裡是和平常一樣的磯子區早晨風景。

和平常一樣，究竟是和什麼時候相比？譬如說，奔馳在根岸線的淺藍色線條E233系電車已經退役，換成新型列車。譬如說，這一區出現好幾棟新的辦公大樓和高樓大廈。除此之外，處處可見彷彿和現在相同，但又有些不一樣的地方。不過一一列舉這些差異有什麼用？任何事物都會一點一滴地變化，彷彿要避免被發現般，刻意屏住氣息。

階梯狀的屋子仍舊矗立在南面斜坡，橘色屋瓦也保留下來。

中庭那棵小小的樹變得比以前稍微高大，不知何時已經超越挑高的天花板，向外伸展茂密的枝葉。

在這棵樹前方，站著一名身材高挑的男生。他就是當時坐在無人車站候車室的高中男生，左手掛著運動風格的背包。

有人朝著他白色襯衫的背影呼喚：

「哥哥。」

穿著夏季制服的未來從玄關爬上中庭。高中男生明明聽見了，卻故意沒回應。

「……」

「爸爸和媽媽在叫你。」

「妳啊……」

「怎樣？」

「早餐至少要坐著吃吧？」

他看著未來手中的香蕉說。

「你要吃嗎？」

未來遞出香蕉。

「不要。」

高中男生說完就走到下方的玄關。未來悠閒地目送他。這時——她忽然好像發現什麼，望向這邊。

「……？」

訓訓從中庭下方輕聲呼喚：

「……未來的未來。」

未來笑著搖頭。

「不對，這裡的我是活在『現在』的我。也就是說——」

她拿香蕉指向高中男生離去的方向。

「你知道剛剛那是誰嗎？」

「……嗯。」

「呵呵呵……就是這麼回事。」

「……啊。」

訓訓此時發覺到某件事，張大眼睛。

未來仍舊用手指夾著香蕉，朝他微微揮手。

「你有辦法自己回去吧？」

接著，她稍微聳起肩膀說：「不要再迷路了。」

訓訓皺起眉頭。

「……要分開了嗎？」

看到他快哭出來的臉，未來不禁差點笑出來。

「你在說什麼？今後我們都會在一起，甚至到厭煩的地步。」

她稍稍歪頭笑了。

這一瞬間，訓訓的視角一舉飛上天空。轉眼間，在中庭揮手的未來身影就變得很小。他遠離地面，仰望上空，發現不知何時已經回到演化樹的空間，以高速移動。

不久，他到達所有分支匯聚的地方。

訓訓在這裡看到巨大的圓環。過去延伸到令人無法想像的地步，未來也延續到令人無法想像的地步。從這裡看，就會明白「現在」這個場所只是其中小小的一點。不論喜怒哀樂，或是各式各樣的情感，都存在於僅僅一點的「現在」當中。當感覺到「現在」的下一瞬間，就變成另一個現在了。現在永遠會消逝，並迎接無限多個新的「現在」到來。

訓訓飛向訓訓的「現在」。

強烈的光芒使他看不到眼前任何東西。

叮鈴鈴～

滾筒式洗衣機響起烘乾完畢的旋律。

訓訓以赤腳著地，踏在浴室前的擦腳墊上。

洗衣機的門自動打開，全乾的黃色褲子跳出來，飄到他腳邊。

「……」

他把深藍色褲子脫下來。打從今天早上，他就一直吵著要黃色褲子。

「……」

然而今天早上的焦躁不知為何已像是遙遠的過去。他改變主意，把脫下的深藍色褲子又拉上來。

洗衣機彷彿理解了，再度關上門。

訓訓做了一個深呼吸，滿足地環顧屋內。

「……」

他總算回到懷念的日常。

Volvo 240的車尾是打開的。

爸爸和媽媽一起將返鄉與露營用的行李——帳棚、瓦斯爐、保冷箱、LED燈、捕蟲網、捕蟲盒、裝滿小孩衣物的袋子等等——放進後車廂。

小悠氣定神閒地趴在副駕駛座上，突然把頭轉回後座，豎起耳朵聽兩人對話。

「頭痛好了嗎？」

「終於好了。」

「多保重。」

爸爸露出笑臉，把行李塞進後車廂裡。媽媽看著爸爸，突然說：

「……你最近變溫柔了。」

「我？」

「你以前不是這樣的。」

「以前是什麼時候？」

「訓訓出生以前。」

「那麼久以前啊？」

「那時候你總是為了工作緊張焦慮。」

「妳也變了。」

「我？變成怎樣？」

「變得不太容易驚慌。」

「哦。」

「妳以前很神經質，動不動就會感到不安。」

「唉，別說了，別讓我回想起來。」

「沒想到彼此會變成這樣。」

「一定是因為小孩的關係。」

他們暫停堆放行李，窺探後車廂前方的後座。訓訓的學童座椅和未來的兒童座椅並排，各自座位的旁邊悄悄擺著玩具電車和玩具蜜蜂。兩人有好一會兒感慨地默默望著。

這時，爸爸突然喃喃問：

「像我這樣，也比以前更有爸爸的樣子了嗎？」

「嗯，還好。」

「還好啊？」

「我呢？有媽媽的樣子嗎？」

「還可以。不過不算最好。」

「還可以就夠了，只要不是最差就行。」

兩人湊近肩膀，彼此相視。

爸爸以樸質老實的笑臉看著媽媽。

「呵呵呵……」

媽媽也以開朗美麗的笑臉看著爸爸。

「哈哈哈……」

小悠趴在副駕駛座，聽了一會兒兩人的對話，把頭轉回去。

「呼～」

牠發出不知是安心還是驚呆的嘆息。

「……感情真好。」

訓訓走下樓梯時，展開的軌道已經收回玩具箱。爸爸和媽媽把玩具全收起來了。

他看了兒童房一眼，突然停下腳步。

「……？」

未來獨自待在空曠的兒童房，兩人四目相交。

「……」

訓訓走到未來面前盯著她。未來也盯著訓訓，然後發出「啊～」的聲音朝他爬過來。訓訓放下背包，從裡面拿出香蕉問她：

「要不要吃？」

他不等未來回應就開始剝皮。未來興致盎然地伸出手。

「啊唔～」

訓訓把剝了皮的香蕉折成兩半遞給她。

「給妳。」

未來一把抓過去。她在離乳食品當中最喜歡香蕉。她把香蕉捏爛，塞入張到最大的嘴裡。

訓訓緩緩抬頭眺望中庭。

「……」

黑櫟樹長著茂密的葉子，看上去只是一棵普通的樹，然而，當他知道這棵樹就像裝滿家族過去與未來一切的圖書館，便感覺到它是特別的。訓訓記得在圖鑑看過，樹木的壽命遠比人類長。它從以前就一直看守著他們，今後應該也會一直看守下去。訓訓想像著，在遙遠的將來，會有什麼樣的事發生在未來的未來呢？

這時，爸爸媽媽從下方的玄關呼喚：

「訓訓～未來～」

「準備好囉～」

訓訓深深吸一口氣，打算充滿活力地回應。

然而未來搶先一步，充滿活力地回應：「啊唔～」

「……？」

訓訓歪著頭仔細端詳未來，他覺得未來彷彿是在模仿自己想回答的樣子。

未來發覺到了，也看著訓訓。

兩人彼此相視。

接著——

未來突然露出滿面笑容。

訓訓吃了一驚。他第一次看到未來這樣的表情。不是微笑或苦笑，也不是稍微淺笑，這是最燦爛的笑容。

他不禁受到吸引，呆呆看了好一陣子。

「……」

看到這張笑臉，他感覺到內心緊繃的種種情緒都溶解了。在此同時，他也萌生不能輸的心情。

他也要讓未來看到最棒的笑容。

「嘎～～！」

他像獅子一樣露出牙齒、搖晃臉龐，盡可能擺出最大、最棒的笑容。

未來呆呆看了好一陣子，一動也不動，然後微笑了一下。

「啊～～！」

她模仿訓訓搖晃臉龐，盡可能擺出最大、最棒的笑容。

她雖然想要露出牙齒，但因為是小寶寶，還沒有長牙——不，仔細看，只有下排冒出兩顆小小的牙齒。

「……」

訓訓看到之後，感到極為滿足，心情格外清爽。

爸爸媽媽又在呼喚他們：

「準備好囉。」

「大家一起出發吧。」

訓訓深深吸一口氣，用最大、最棒的笑容，充滿活力地回答：

「好～！」

（完）

國家圖書館出版品預行編目資料

未來的未來 / 細田守作；黃涓芳譯. -- 初版. --
臺北市：臺灣角川, 2018.07
　面；　公分. --（角川輕.文學）

譯自：未来のミライ
ISBN 978-957-564-347-8(平裝)

861.57　　　　　　107008989

輕文學 Light Literature

未來的未來

原著名＊未来のミライ

作　　者＊細田守
譯　　者＊黃涓芳

2018年7月9日　初版第1刷發行
2021年12月6日　初版第4刷發行

發 行 人＊岩崎剛人
總 編 輯＊呂慧君
副 主 編＊溫佩蓉
美術設計＊吳佳昫
印　　務＊李明修（主任）、張加恩（主任）、張凱棋

台灣角川

發 行 所＊台灣角川股份有限公司
地　　址＊104台北市中山區松江路223號3樓
電　　話＊（02）2515-3000
傳　　真＊（02）2515-0033
網　　址＊www.kadokawa.com.tw
劃撥帳戶＊台灣角川股份有限公司
劃撥帳號＊19487412
法律顧問＊有澤法律事務所
製　　版＊尚騰印刷事業有限公司
I S B N＊978-957-564-347-8